A

Die großen Romane
Band 31

»Auch wenn Simenon selbst betont, mit *Die Marie vom Hafen* einen neuen, hehren Abschnitt seines Schaffens zu eröffnen, so ist es doch gerade die überzeugende Lakonie, mit der er seine Figuren beschreibt, die den ungewöhnlichen Sog dieser Liebesgeschichte erzeugt, einer Liebesgeschichte, der vor allem das fehlt, was herkömmliche Liebesgeschichten weichspült: die romantische Note; der Duft nach Rosen. Stattdessen weht ein herber Wind vom Meer herein und streut Salz in offene Wunden.«

Christian Seiler im Nachwort

Georges Simenon, geboren 1903 im belgischen Lüttich, gestorben 1989 in Lausanne, gilt als der »meistgelesene, meistübersetzte, meistverfilmte, mit einem Wort: der erfolgreichste Schriftsteller des 20. Jahrhunderts« (*Die Zeit*). Seine erstaunliche literarische Produktivität (75 Maigret-Romane, über 117 weitere Romane), viele Ortswechsel, zwei Ehen und unzählige Frauen bestimmten sein Leben. Rastlos bereiste er die Welt, immer auf der Suche nach dem, »was bei allen Menschen gleich ist«. Das macht seine Bücher bis heute so zeitlos.

Georges Simenon

Die Marie
vom Hafen

Roman

Aus dem Französischen
von Claudia Kalscheuer

Mit einem Nachwort
von Christian Seiler

Atlantik

Die französische Originalausgabe erschien 1938 unter dem Titel
La Marie du port bei Éditions Gallimard, Paris.
Die deutsche Erstausgabe erschien 1989 im
Diogenes Verlag, Zürich.

Atlantik Bücher erscheinen im
Hoffmann und Campe Verlag, Hamburg.

1. Auflage 2020
Copyright © 1938 by Georges Simenon Limited
GEORGES SIMENON® Simenon.tm
All rights reserved
Copyright für die deutsche Übersetzung © 2019
by Hoffmann und Campe Verlag, Hamburg
Copyright für die deutschen Rechte © 2018
by Kampa Verlag AG, Zürich
Copyright für diese Ausgabe © 2020
by Hoffmann und Campe Verlag, Hamburg
www.hoffmann-und-campe.de   www.atlantik-verlag.de
Umschlaggestaltung: Rothfos & Gabler, Hamburg
Umschlagmotiv: © lookphotos / Millenium Images
Satz: Dörlemann Satz, Lemförde
Gesetzt aus der Stempel Garamond und der Ano
Druck und Bindung: C.H. Beck, Nördlingen
Printed in Germany
ISBN 978-3-455-00793-0

HOFFMANN
UND CAMPE

Ein Unternehmen der
GANSKE VERLAGSGRUPPE

1

Es war Dienstag, und die fünf oder sechs Kutter, die während der ganzen Woche vor der englischen Küste fischten, waren am Morgen zurückgekommen. Wie gewohnt hatten sie in der Nähe des Fischmarkts im Vorhafen festgemacht, und erst jetzt, bei Flut, öffnete man ihnen die Drehbrücke.

Der Oktober ließ die Tage schneller schwinden, und seine Nipptiden bespülten kaum den Fuß der Klippen. Der Kanal war auf Höhe der Brücke verengt durch die niedrigen Häuser von Port-en-Bessin mit ihren grauen Fassaden und den harten Schieferdächern.

Wie immer um diese Zeit waren die Alten zur Stelle und umrahmten die Brücke mit ihren blauen, mit dunkleren Flicken besetzten Silhouetten.

Es regnete nicht. Ein leichter Wind wehte von Nordosten, der Himmel war gleichmäßig grau.

Eins nach dem anderen fuhren die großen Holzschiffe dicht am Kai, ja scheinbar dicht an den Häusern entlang, um sich ganz hinten im Hafenbecken zusammenzudrängen. Die Männer standen reglos und geduldig an Deck. Sie schauten zu den Alten an Land. Die Alten schauten zu ihnen hinüber. Sie waren Väter, Söhne oder Cousins, aber vor lauter Verwandtschaft hatten sie sich nichts zu sagen und nickten einander nicht einmal zu.

Auch Frauen waren da, schwarz in ihren Umschlag-tüchern, lackierte Holzschuhe an den Füßen, und liefen wie Ameisen hintereinander her in die kleinen Läden, wo gerade die Lampen angingen.

Man hörte die Kugeln auf dem Billardtisch des Café de la Marine klappern, und das gelbe Licht der Markise war voller Verheißung von Kaffee mit einem Schuss Calvados.

Es blieb noch eine knappe Stunde Tageslicht und Dämmerung; die Brücke war wieder geschlossen, die Schiffe vertäut, die Alten standen wieder reglos an ihrem Platz, ans Geländer gelehnt, es wurde noch etwas gearbeitet, Ordnung geschaffen, Leinen wurden aufgeschossen, Luken und Klappen geschlossen.

Neben den wuchtigen Kuttern bildeten die Schaluppen eine dichtere, beweglichere Masse, in der hier und da ein Mann ein Netz flickte, an seinem Motor bastelte oder manchmal einfach nur seine Pfeife rauchte, zufrieden, an Bord seines Schiffs zu sein.

Der dicke Charles mit seinem Holzbein kletterte über die Reling. Der Großvater folgte ihm ruhig, fast feierlich. Charles hielt jedem Fischer ein nicht sehr sauberes Blatt Papier und einen Kopierstiftstummel hin. Er wusste, wer lesen konnte und wer nicht. Zu denen, die es nicht konnten, sagte er nur: »Für die Marie vom armen Jules …«

Man zündet die Lampen immer zu früh an. Sie brannten, obwohl der Himmel noch weiß war, sodass sie nur ein trauriges Licht geben konnten.

»Wie viel gibt man denn?«, wurde meistens gefragt.

»Nach deinem Gutdünken … Louis hat zwanzig Franc gegeben … Manche zwei und manche fünf …«

»Trag mich mit fünf Franc ein …«

Der Großvater folgte unbewegt, wie ein Ministrant. Man hatte ihm gesagt, sie müssten zu zweit sein, damit niemand Schwindeleien unterstellen konnte.

»Wenn noch jemand zum Tragen gebraucht wird …«, wurde auch gesagt.

Es handelte sich um Jules, der am nächsten Morgen beerdigt wurde. Er war noch da, in seinem Haus am Fuß der Klippe, wo Licht brannte und alte Frauen ein und aus gingen.

Der dicke Charles zog sein Holzbein nach. Großvater folgte. Sie kamen zur Brücke zurück und streckten ihr Blatt Papier jetzt den Alten hin, die Invalidenrente bezogen.

»Für die Marie vom armen Jules …«

Und während die Männer, da sie nichts Besseres zu tun hatten, einer nach dem anderen in die Cafés traten, sich an die lackierten Tische setzten und die Beine ausstreckten, senkte sich endlich sanft die Nacht.

*

Es war, als gäbe es weder Morgen noch Mittag noch Abend, denn alles lag im selben Quadersteingrau da, alles außer den weißen Schaumschäfchen auf dem Meer und den schwarzen, harten Schieferdächern, die wie mit Tinte auf Glanzpapier gezeichnet wirkten.

Schwarz waren auch die Leute, allesamt, die Männer,

die Frauen und die Kinder. Schwarz und steif, ungelenk in ihren guten Kleidern, wie sonntags.

Der Trauerzug hatte die Drehbrücke überquert; es waren vier Kapitäne, die den Sarg trugen, vier Kapitäne mit weißen Baumwollhänden an den langen Armen. Alle hatten bemerkt, dass gleich dahinter, neben der Marie mit einem ihrer Brüder an der Hand, die älteste Tochter Odile ging, die am Morgen aus Cherbourg gekommen war, wo sie ein loses Leben führte.

Man hatte auch bemerkt, dass sie nicht mit dem Bus gekommen war, sondern in einem Auto, mit einem Mann, der sicher ihr Liebhaber war. Als der Trauerzug an dem Auto vorbeikam, drehte man den Kopf zur Seite, um es in Augenschein zu nehmen, dann drehte man ihn noch etwas weiter, um den Fremden zu betrachten, der mit dem Hut in der Hand vor dem Eingang des Café de la Marine stand.

Der Zug schritt langsam voran. Er hielt zweimal an, um die weiß behandschuhten Träger abzulösen. Die Glocken klangen über den leeren Straßen, und nur der Fremde blieb im Café, während alle anderen in der Kirche und auf dem Friedhof waren, sogar der Gastwirt.

Der Mann kam nicht aus der Gegend, das sah man, sondern aus der Stadt. Er nannte die Serviererin *Kleines*, obwohl sie Mutter von fünf Kindern war, und er ging ungeniert in die Küche, wo die Wirtin persönlich arbeitete.

»Sagen Sie, Mutti, was könnten Sie mir denn zum Mittagessen machen?«

Worauf diese, die Vertraulichkeiten nicht schätzte, antwortete: »Sie bleiben also zum Mittagessen?«

Er schaute in die Kochtöpfe, er schnitt sich sogar eine Scheibe Kuttelwurst ab und wischte sich an der Schürze der Wirtin die Finger ab.

»Versuchen Sie mir doch eine schöne dicke Seezunge aufzutreiben, mit viel Muscheln und Krabben …«

»Die Seezungen standen heute früh bei dreißig Franc das Kilo …«

»Na und?«

Er mochte vielleicht nicht unsympathisch sein, aber er gab sich allzu vertraulich, mit einem gewissen Ausdruck, als mache er sich über alles und jeden lustig. Er bildete sich wohl ein, dass ihm die Welt gehörte, dass die Leute von Port-en-Bessin allesamt seine Dienstboten waren!

Die Hände in den Taschen, spazierte er über den Kai, dann die Hafenmole entlang. Er konnte den Trauerzug sehen, der sich wie eine schwarze Raupe von der Kirche zum Friedhof ausdehnte, und die Luft füllte sich erneut mit unsichtbaren Glocken.

Er ging wieder hinein, wie er hinausgegangen war, trat hinter den Tresen und roch an den Flaschen, ohne die wütenden Blicke der Serviererin zu beachten.

»Decken Sie mir den Tisch am Fenster …«

Die Serviererin, die wie alle anderen geweint hatte, als der Trauerzug vorbeigekommen war, hatte noch eine rote Nase. Es war niemandem entgangen, dass keine einzige Schaluppe ausgelaufen war, was bewies, wie sehr man die Familie Le Flem schätzte. Und oben auf dem

Hügel lagen jetzt dreimal mehr Blumen, als nötig waren, um das lehmige Grab zu bedecken.

Erst um elf Uhr füllten sich die Cafés mit Männern im Sonntagsanzug, die noch mehrere Minuten lang ihr ernstes Beerdigungsgesicht beibehielten.

Dann begann man nach und nach, von diesem und jenem zu reden, von Odile, die in vollem Trauerstaat aus Cherbourg gekommen, unter dem Schleier jedoch geschminkt war wie eine Schauspielerin, von der Marie, die aussah wie fünfzehn in ihrem kleinen schwarzen Kostüm, das sie sich zwei Jahre zuvor beim Tod ihrer Mutter hatte nähen lassen; man redete von den beiden Familien, die mit dem Pferdewagen gekommen waren, den Boussus und den Pincemins, Landwirte aus der Nähe von Mayeux, die über die Frauen mit dem armen Jules verwandt waren.

Die Wagen mit den hohen Rädern und dem braunen Verdeck standen neben der Drehbrücke, denn die Straße, in der die Le Flems wohnten, war zu schmal und zu steil.

Sie lag gleich hinter der Brücke. Ihre zehn Häuser standen eher übereinander als nebeneinander. Das Pflaster war holprig, ein Rinnsal von Waschlauge lief ewig den Hang hinab, jahrein, jahraus hingen Hosen und Fischerhemden zum Trocknen auf Drahtleinen.

Oberhalb der Straße trat man aus der Stadt heraus, auf die endlosen Wiesen, steil darunter das Meer.

*

Marie bediente und putzte sich dabei hin und wieder die Nase, doch wie Tante Mathilde – die Tante Pincemin aus Pré-aux-Bœufs – bemerkte, hatte man sie den ganzen Morgen nicht weinen sehen.

Odile dagegen, mit der niemand sprach und an der alle geflissentlich vorbeischauten, war zweimal in Tränen ausgebrochen, einmal in der Kirche, als der Priester Weihwasser auf den Sarg gesprengt hatte, ein zweites Mal auf dem Friedhof, beim Geräusch der ersten Schaufel Erde, die ins Grab fiel. Sie hatte so laut geweint, mit so herzzerreißenden Schluchzern, dass es, wäre sie kein gefallenes Mädchen gewesen, zwei Frauen gebraucht hätte, um sie zu stützen.

Marie putzte sich lediglich die Nase, mit ihrer Art, niemanden anzusehen, immer ins Leere zu schauen und die Lider zu senken, sobald man sie beobachtete.

Dabei hatte sie getan, was zu tun war: Es gab einen guten Fleischeintopf, den eine Nachbarin während der Beerdigung beaufsichtigt hatte, und der Bäcker war gerade mit dem Braten gekommen, den man ihm zum Garen gegeben hatte.

Die beiden Schwager legten jenen Ernst an den Tag, der sich geziemt, wenn man Verantwortung trägt. Pincemin zog hin und wieder an seinem langen blonden Schnurrbart, der nicht dicht genug wuchs, um ihm das Aussehen eines Galliers zu verleihen, und seine Wangen waren so merkwürdig rosa gefärbt, dass viele dachten, er sei schwindsüchtig.

»Ich will mich gerne des Älteren annehmen«, erklärte er und blickte mit seinen blauen Augen auf Joseph.

Denn abgesehen von Odile, von der hier nicht die Rede war, und der Marie, die groß genug war, um allein zurechtzukommen, waren noch drei Kinder übrig.

Joseph war dreizehn, er hatte eckige Knie und einen argwöhnischen Blick, vor allem wenn sein Onkel Pincemin ihn nachdenklich anstarrte.

»Ich will nicht auf einen Hof!«, protestierte er.

Und er schob seinen Teller voll gräulichem Eintopf weg.

»Du gehst dahin, wo man dich haben will!«, erwiderte unmissverständlich die Tante, die wusste, was sich gehörte.

Es gab keine Tischdecke. Man aß auf dem braunen Wachstuch, das die Marie schon immer auf dem Tisch hatte liegen sehen, und da das Zimmer nicht groß war, hatte man die Tür zur Straße hin offen stehen lassen.

»Sieh mal, Félix, ich will dir etwas sagen«, meinte Boussus, nachdem er sich den Mund abgewischt hatte, um seinen Worten mehr Gewicht zu verleihen. »Du nimmst also Joseph, sagst du! Wohlan! Du hast mehr Land als ich, und wir sind es gewohnt, auf dich zu hören. Aber wenn du Joseph nimmst, der schon groß und stark ist, und ich Hubert mit seinen acht Jahren, dann ist es nur recht, wenn du die Schnecke dazunimmst! Das wollte ich gesagt haben …«

Und zufrieden, so gut gesprochen zu haben, drehte er sich zu seiner Frau um.

Der betreffende Hubert war ein Junge mit einem großen Kopf auf einem mageren Hals, der sie einen nach dem anderen musterte, ohne zu begreifen, was vor sich ging. Und die Schnecke war die Letztgeborene, ein vierjähriges Mädchen, dick und gleichmütig, das Gesicht immer mit Rotz und Essen verschmiert.

»Man muss die Dinge gerecht regeln«, verhandelten die beiden Schwager. »Bis Hubert eine Hilfe ist …«

Es war auch die Rede von Schulabschlüssen. Marie aß im Stehen, so wie sie es ihre Mutter immer hatte tun sehen, so wie die Frauen essen müssen, die alle anderen zu bedienen haben. Sie hatte ihre Schürze über das schwarze Kleid gezogen, und niemand hätte sagen können, was sie dachte.

»Und du, Geheimniskrämerin, du tätest am besten daran, dir in der Stadt eine Stellung zu suchen, bei anständigen Leuten.«

Man nannte sie schon lange die Geheimniskrämerin, aber das war ihr gleichgültig. Sie hatte keine Angst vor ihren Onkeln und auch vor ihrer Tante Mathilde nicht, wenngleich sie die Schwester ihrer Mutter war.

»Hörst du, was man dir sagt?«

Natürlich hörte sie! Aber wozu antworten, wenn sie sich doch so oder so aufregen würden?

»Kannst du nicht den Mund aufmachen, wo wir uns alle um dich sorgen?«

»Ich bleib in Port!«

»Was willst du denn in einem Loch wie Port-en-Bessin? Hier wirst du nicht mal eine Stellung finden …«

»Ich hab schon eine.«

»Wo denn?«

»Im Café de la Marine.«

»In einem Café willst du arbeiten? Um wie deine Schwester zu enden?«

Das sagte man vor Odile, der es nicht mal in den Sinn kam, gekränkt zu sein. Odile aß und hörte ihnen zu, leidend, aber mehr, weil sie sich auf dem Friedhof erkältet hatte, als aus anderen Gründen.

Niemand hatte sie gebeten, zum Mittagessen zu bleiben. Sie legte auch keinen Wert darauf, aber sie war doch geblieben, denn sie meinte, so müsse es sein. Hubert war am Anfang von ihren rotlackierten Fingernägeln gebannt gewesen, jetzt aber war er schon daran gewöhnt, und vor allem hatte er so viel gegessen, dass er reglos, mit hochrotem Kopf dasaß und vor sich hin träumte.

Er wusste, dass von ihm, der Schnecke und Joseph die Rede gewesen war, aber er hatte nicht mitbekommen, was man genau beschlossen hatte, und wartete auf den Apfelkuchen, der, weil es keinen anderen Platz gab, auf dem Bett stand.

*

Im Café de la Marine hatte Chatelard am Fenster seine Seezunge verspeist und danach, um sich die Zeit zu vertreiben, allein Billard gespielt, denn die anderen waren jetzt beim Mittagessen. Schließlich war er in die Küche gegangen, wo der Wirt mit der Wirtin aß, und hatte sich ungeniert rittlings auf einen Stuhl mit Strohgeflecht gesetzt.

»Lassen Sie sich nicht stören! Sagen Sie, meinen Sie, das Essen da oben wird lange dauern?«

»Sicher bis um drei«, behauptete der Wirt, der es nicht leiden konnte, wenn die Gäste ihm beim Essen zuschauten.

»Was wird denn jetzt aus der Kleinen werden?«

»Aus der Marie? Die fängt heute Abend hier an. Sie hat selbst darum gebeten …«

»Wie viel geben Sie ihr?«

»Hundert Franc im Monat, Kost und Logis und die Trinkgelder.«

»Muss sie saubermachen?«

»Saubermachen und alles Übrige … Die andere Serviererin geht, weil sie schon wieder schwanger ist.«

»Ich würde sie gern zu mir nehmen«, meinte Chatelard.

»Wen?«

»Die Marie natürlich! Nicht die andere … Kennen Sie nicht das Café Chatelard, in Cherbourg, am Kai?«

»Das sind *Sie*?«

»Ja, das bin ich … Sagen Sie mal, läuft der Laden hier einigermaßen?«

Er benahm sich jetzt ganz wie zu Hause, fachsimpelte und bediente sich direkt aus der Kaffeekanne, die auf dem Herd stand.

»Ich kenne sie nicht … Ich habe sie nur vorhin im Trauerzug vorbeigehen sehen … Sie sieht ihrer Schwester nicht ähnlich, wie?«

Er kam auf die Marie zurück, die tatsächlich ganz anders war als ihre Schwester. Odile war rundlich, hatte zarte, rosige Haut, große Kinderaugen und wirkte unterwürfig und fügsam. Sie errötete oder weinte wegen jeder Kleinigkeit und tat alles, um es jedem recht zu machen.

Ihre Schwester, die noch kaum entwickelt war, der Busen fast flach, die Hüften schmal und der Bauch gewölbt, das Haar immer ungekämmt und strähnig, scherte sich nicht um die Leute und noch weniger darum, ihnen Freude zu bereiten. Sie sah sie von der Seite an. Sicher dachte sie sich ihren Teil, behielt ihn jedoch für sich.

»Der arme Jules war ein anständiger Mann … Er hat alles aufgebraucht, was er hatte, um seine Frau zu pflegen, die fünf Jahre lang dahingesiecht ist, wie man so sagt, das Haus dauernd voller Ärzte, und die sündhaft teuren Operationen …«

Chatelard war nicht da, um sich in Mitleid zu ergehen. Hin und wieder stellte er sich ans Fenster und schaute zur Drehbrücke hinüber, zu den beiden Pferdewagen und der Gasse, in der das Essen sich in die Länge zog.

An der Wand, neben den Billardqueues, verkündete ein rosafarbenes Plakat: *Öffentliche Versteigerung eines motorisierten Fischkutters …*

Und da er immer überall seine Nase hineinstecken musste, fragte er den Wirt: »Was ist denn das für ein Schiff?«

»Das da um zwei Uhr versteigert wird? Nun, es wäre kein schlechtes Schiff, wenn ihm nicht ein Unglück nach dem anderen passieren würde …«

»Was für Unglücke?«

»Unglücke eben! Alle, die einem Schiff nur zustoßen können … Letzten Monat, nur zwei Tage nachdem sich seine Netze auf dem Meeresgrund verhakt hatten, sollte

16

es an einem Abend ausfahren, an dem es dunkler war als sonst ... Der Steuermann, der vielleicht ein bisschen getrunken hatte, hat geglaubt, die Drehbrücke sei offen, und ist in sie hineingefahren ... Der Mast ist gebrochen und hätte beinahe einen Mann erschlagen ... Vor einem halben Jahr hat beim Hochziehen des Schleppnetzes ein Stahlseil einem Schiffsjungen das Bein abgerissen ...«

Oben im Haus lief das Gespräch zum Ende des Essens langsamer, schwerfälliger dahin, die beiden Schwager erörterten eine komplizierte Viehgeschichte, während den Kindern die Augen zufielen. Die Marie hatte den Calvados-Krug auf den Tisch gestellt, ohne sich zu setzen, als ihre Schwester ihr durch Zeichen zu verstehen gab, sie solle ihr in ihr früheres Zimmer folgen.

»Hör zu, Marie ... Du weißt doch, dass ich nie jemandem etwas zuleide getan habe ... Sie haben alle etwas gegen mich, weil ich einen Freund habe, aber sie bilden sich sonst was ein. An deiner Stelle würde ich nach Cherbourg kommen. Ich rede mit Chatelard, ich bin mir sicher, dass ...«

Es war für Port-en-Bessin wirklich ein außergewöhnlicher Tag, einer, der aus dem Kalender fiel. Er war sogar außergewöhnlicher als ein Sonntag, als Pfingsten oder Allerheiligen. Zuerst war da die Beerdigung des armen Jules gewesen, das gab es nicht oft, vor allem mit lauter Fischereikapitänen, die den Sarg den ganzen Weg trugen.

Und jetzt standen alle auf dem Kai, neben der Jeanne, deren Mast nicht repariert worden war. Man trug noch die guten Kleider vom Morgen und die Schuhe mit Gummiband. Wenn man schon nicht arbeitete, konnte man weiter eine Runde Calvados nach der anderen trinken, sodass man ein bisschen lauter redete als sonst und das Gefühl hatte, wesentliche Fragen zu verhandeln.

Zwei Autos hatten die Herren aus Bayeux hergebracht, den Notar und seinen ersten Gehilfen sowie die Gläubiger von Marcel Viau, der als Einziger nicht im Sonntagsstaat erschienen war.

Die Leute aus Bayeux waren sich zu fein, in eines der Cafés am Kai zu gehen, und bildeten neben dem Kutter eine gesonderte Gruppe. Sie warteten, bis es Zeit war. Sie unterhielten sich über ihre Angelegenheiten, während Viau, ein großer blonder Mann, dessen verwaschene Augen alles Unglück der Welt widerzuspiegeln schienen, traurig und argwöhnisch von Gruppe zu Gruppe ging.

Was konnte man ihm sagen? Man schüttelte ihm die Hand. Man sagte ohne rechte Überzeugung: »Es wird schon keiner kaufen wollen …«

Aber es war schwieriger, für Viau ein paar anteilnehmende Worte zu finden, als den Verwandten des armen Jules, der tot war, sein Beileid auszusprechen.

Denn Viau war nicht tot! Er war da! Und das war viel trauriger, viel peinlicher!

Für die Marie hatte man immerhin eine Spendensammlung organisieren können, und sofern man entsprechend seinen Verhältnissen seinen Teil beigesteuert hatte, fühlte man sich mit seinem Gewissen im Reinen.

Aber man konnte doch keine Sammlung für einen Schiffseigner organisieren, nur weil er kein Glück gehabt hatte!

Denn das war es. Viau hatte einfach nie Glück gehabt.

Nachdem er sein Schiff gekauft hatte, mit Hilfe eines Kredits, hatte er gemeint, sich aufspielen zu können. Er tat geradeso, als wären alle, die mit der Grundfischerei kein Geld verdienten, entweder Stümper oder Faulpelze.

Doch erst einmal hatte er Probleme mit den Raten bekommen, dann mit den Versicherungen, weil er einmal einen Alten mitgenommen hatte, der nicht in der Musterrolle eingetragen war, und ein anderes Mal hatte er sein Steuer verloren und sich nach England abschleppen lassen müssen, wo man Unsummen von ihm verlangt hatte …

»Du hättest dich nie selbstständig machen sollen!«, sagte man ihm. »Du bist nicht dafür geschaffen. Du hast nicht einmal etwas gelernt …«

Er hatte sich fünf Jahre lang stur gestellt, doch jetzt gab es ein Gerichtsurteil, und die Jeanne wurde verkauft.

»Meine Herren, es ist zwei Uhr!«, verkündete der Notar.

Man lachte. Es war Ebbe. Um an Bord zu gelangen, musste man eine rutschige Leiter hinabsteigen und fast einen Meter über den Schlick springen. Der Notar war durch seine Lederaktentasche und seinen Überzieher behindert, außerdem drohte seine Melone davonzufliegen.

Man half ihm. Schließlich schaffte er es, und die einen gingen an Deck, die anderen blieben am Rand des Kais stehen, so ernst wie am Morgen während des Totenamts.

Zuerst wurde ein Text verlesen, den niemand verstand. Dann eine Zahl.

»Ausrufpreis zweihunderttausend Franc. Ich wiederhole, zweihunderttausend Franc …«

Blicke gingen hin und her, von Gruppe zu Gruppe. Man wusste, dass niemand aus der Gegend bieten würde, erstens weil es sich um Viau handelte, der ein guter Kerl war, dann weil man mit den Schiffen sowieso schon genug Sorgen hatte.

Man versuchte zu erkennen, ob nicht vielleicht jemand aus Caen gekommen war, oder aus Honfleur oder sogar aus Fécamp, wie manche angekündigt hatten.

»Ich sagte, zweihunderttausend Franc …«

Auch der Notar schaute nacheinander in die strengen Gesichter um ihn herum, vielleicht erahnte er in den Blicken eine gewisse Ironie?

Viau weinte. Es war das erste Mal, dass man ihn weinen sah. Er stand hinter allen anderen und weinte, ohne zu versuchen, sein Gesicht zu verbergen.

»Zweihunderttausend … Niemand bietet zweihunderttausend? Meine Herren, machen Sie ein Angebot …«

Ein Witzbold rief: »Zehntausend!«

Gelächter brandete auf.

»Zweihunderttausend … Hundertneunzigtausend … Hundertachtzigtausend …«

Die Frauen in Schwarz standen etwas abseits, denn sie waren hier nicht an ihrem Platz, aber sie verstanden sehr wohl, was vor sich ging. Kinder drängten sich zwischen den Beinen durch und wurden beiseitegeschoben.

»Ich sagte, hundertachtzigtausend …«

Allein der Motor hatte fünf Jahre zuvor dreihunderttausend Franc gekostet.

»Zum Ersten ...! Zum Zweiten ...«

Es war fast noch trostloser als auf dem Friedhof, zumal man den abgebrochenen Mast der Jeanne quer über das Schiff gelegt hatte. Man drehte sich nach Viau um. Man freute sich zu sehen, dass der Hauptgläubiger erblasst war und dem Notar etwas ins Ohr flüsterte.

Inzwischen hatte die Flut eingesetzt. Das Wasser stieg und strömte ins Hafenbecken hinein, und die Möwen jagten kreischend den Abfällen nach, die an der Oberfläche trieben.

Der Gläubiger wurde als Erster auf einen Mann in der Menge aufmerksam und beugte sich zum Notar hinüber. Dieser schaute suchend umher, deutete auf jemanden.

»Hundertachtzigtausend, da drüben ...«

Alle Köpfe wandten sich um. Schließlich entdeckte man Chatelard, der seine Nebenmänner beiseiteschob, um in die erste Reihe zu gelangen.

»Hundertachtzigtausend ... Bietet niemand mehr ...? Zum Ersten ...«

Der Notar sah den Gläubiger fragend an, dieser nickte.

»... Zum Zweiten ...! Zum Dritten ...! Zuschlag!«

Es war wie eine Erlösung. Man konnte sich wieder rühren, herumlaufen, laut reden. Alle kreisten um Chatelard, der an Bord kletterte wie einer, der Eisenleitern gewohnt ist, und auf den Notar zutrat. Er zog eine Brieftasche aus der Jacke, holte Papiere hervor, während drei Männer versuchten, Viau in die Kneipe mitzuschleifen.

»Lass doch ...! Das ist niemand aus der Gegend ...! Und er ist kein Kapitän ... Vielleicht heuert er dich ja an?«

Das kleine Grüppchen unterhielt sich an Deck. Die anderen Gruppen standen lockerer zusammen, und so konnte Odile sich vorschlängeln, immer noch in vollem Trauerstaat, den Kreppschleier zurückgeschlagen.

»Pssstt …!«, zischte sie, über den Schlick des Beckens gebeugt.

Chatelard sah sie nicht. Der Notar machte ihn auf sie aufmerksam.

»Ich bin da …!«, sagte sie, als sei das unbemerkt geblieben.

»Nun, dann bleib, wo du bist!«, meinte Chatelard, kehrte ihr den Rücken zu und setzte seine Unterhaltung fort.

Sie wusste nicht, was sie tun sollte. Sie stand eine Weile da, inmitten der Leute, die sie ansahen, aber nicht mit ihr redeten. Schließlich ging sie zurück zum Auto, wagte jedoch nicht, allein einzusteigen.

»Wer führt das Gespräch?«

Nicht mit ihr wollte man sprechen, sondern mit dem neuen Eigentümer. Man hatte Viau versprochen, mit ihm zu reden, ihm zu sagen, dass er keinen besseren Kapitän finden könne als Viau, der zudem seinen Lebensunterhalt verdienen müsse, denn er habe einen Sohn, der studierte, und eine Tochter, die nicht war wie die anderen.

An Deck der Jeanne unterhielten sich die Leute aus der Stadt weiter und schienen bester Laune zu sein. Auf der anderen Seite des Beckens warteten die Boussus und die Pincemins, die Gesichter etwas gerötet vom vielen Essen und Trinken, bis die Marie ihre Geschwister fertig gemacht hatte.

Der Ältere, Joseph, war wütend und schaute die Pincemins, die ihn auf den Pferdewagen hievten, grimmig an.

Hubert dagegen folgte willig, ließ sich einen dicken Wollschal umbinden und nahm den Kuss seiner Schwester entgegen, ohne zu mucksen. Er hatte natürlich keine Ahnung, was ihm widerfuhr, und wusste nicht mal, wo er hinkam!

Und die Schnecke, die Jüngste, die dicke, ewig schmutzige Puppe, die ihren Geschwistern als Spielzeug gedient hatte, tröstete man mit einem Apfel, den man ihr in die Hand drückte, sodass ihr die Abreise wie die Fortsetzung eines wunderbaren Mahls erschien.

Die beiden Wagen fuhren über die Brücke. Am Kai mussten die verschiedenen Gruppen beiseitetreten, um sie vorbeizulassen, aber man beachtete sie kaum, denn es waren Fremde, Leute vom Land. Nur ein paar Frauen ließen sich vom Los der Schnecke rühren, die von allen so genannt wurde, weil sie mit vier Jahren immer noch auf dem Boden herumkroch, als wäre sie zu dick, um sich mühelos aufrecht zu halten.

Marie war nach Hause gegangen. Mit ein paar alltäglichen Handgriffen setzte sie Wasser auf, um das Geschirr zu spülen, dann kehrte sie den Boden, der recht schmutzig geworden war.

Sie hörte Schritte auf der Straße und das Klopfen eines Holzbeins. Aber das war nichts Besonderes, in Port gab es mindestens zehn Männer, denen ein Bein fehlte.

»Marie!«

Es war der dicke Charles, wie immer flankiert vom

Großvater, der als Einziger im Ort eine Baskenmütze trug, seit er vor fünfzig Jahren zwei Saisons lang in Saint-Jean-de-Luz auf Sardinenfang gewesen war.

»Wir bringen dir die Liste und das Geld … Wir haben immerhin achtzehnhundert Franc und ein paar Centime zusammengebracht.«

»Wozu denn das?«, fragte sie.

»Um euch zu helfen … Wir wissen, wie das ist … Ihr habt Unkosten …«

Sie waren beide etwas angetrunken, was man an einem so außergewöhnlichen Tag niemandem verdenken kann. Sie wollten sogar beide die Marie küssen, und sie musste ihnen einen ausgeben!

»Wartet, bis ich zwei Gläser gespült habe …«

Und Chatelard, der war zufrieden. Er war immer mit sich zufrieden, denn ihm glückte alles! Er ging den Kai entlang, blieb vor einem Fischer stehen, der unbeholfen auf ihn zukam.

»Was ist denn, Alter?«

»Na ja … Es ist wegen Viau …«

Darauf Chatelard heiter: »Du willst mich doch hoffentlich nicht fragen, ob ich ihn als Kapitän nehme, oder? Nein, mein Guter … Alles, was du willst, aber das nicht. Leute, die kein Glück haben, kann ich nicht ausstehen!«

»Aber …«

»Hör zu, ich habe es eilig! Ich sag es dir lieber gleich, ich habe die Jeanne gekauft, weil ich etwas vorhabe. Ich darf ja wohl etwas vorhaben, stimmt's?«

Und er klopfte seinem Gegenüber herzlich auf die

Schulter, bevor er auf den Wagen zutrat, neben dem Odile geduldig auf und ab ging.

»Also? Was ist mit deiner Schwester?«

»Sie will nicht mitkommen.«

»Hast du ihr gesagt, dass das Café Chatelard mir gehört?«

»Sie will hierbleiben.«

»Du hast dich wohl ungeschickt angestellt, wie immer! Macht nichts …! Macht nichts …! Steig ein! Jetzt, wo ich hier ein Schiff besitze, werde ich von Zeit zu Zeit herkommen müssen. Ich werde mit ihr reden …«

Er hatte die Marie kaum gesehen. Nur ein Gesicht, eine Gestalt am Morgen, am Anfang des Trauerzugs. Trotzdem drehte er sich unwillkürlich nach der Brücke, nach der Gasse um.

»Weint sie?«, fragte er.

»Nein!«

»Was macht sie?«

»Nichts … Geschirr spülen …«

Er setzte sich ans Steuer, ließ den Motor an, hupte kurz, denn es standen Leute vor dem Auto.

»Weißt du, Schwarz steht dir nicht …«, stellte er fest, doch er wirkte nicht ganz bei der Sache.

Dann warf er einen letzten Blick über die Brücke, fuhr an und begann, vor sich hin zu pfeifen.

2

ährst du nach Port?«

Chatelard, der sich vor dem Spiegelschrank rasierte, antwortete mit einem Grunzen.

»Nimmst du mich wieder nicht mit?«

Es musste zwischen neun und zehn Uhr morgens sein. Durchs Fenster sah Chatelard die Kais von Cherbourg, auf denen sich das morgendliche Treiben des Fischerhafens schon gelegt hatte und die in der jetzt ganz gewöhnlich wirkenden Stadt nutzlos erschienen. Es war die trübe Tageszeit, die der eintönigen Arbeiten, und hätte Chatelard seine Tür einen Spalt geöffnet, so hätte er seine Kellner gehört, die unter reichlichem Einsatz von Sägemehl und Schlämmkreide das Café putzten.

»Hast du meine Schwester nicht überzeugen können?«, fragte Odile gähnend.

Ihre ohnehin träge Stimme wurde noch kraftloser, wenn sie im Bett lag. Denn das Bett hatte für sie eine völlig andere Bedeutung als für andere.

Tatsächlich war Odile kein Leckermaul; sie legte keinen großen Wert darauf, gut gekleidet zu sein, und es hatte sich als unmöglich erwiesen, ihr beizubringen, wie man sich ordentlich pudert und die Lippen schminkt; sie war so wenig geizig, dass sie nie wusste, wie viel Geld sie in ihrer Tasche hatte, die sie überall herumliegen ließ. Odile hatte keine Laster, keine Ansprüche.

Sie war nur zwischen ihrem dreizehnten und ihrem dreiundzwanzigsten Lebensjahr sommers wie winters jeden Morgen um fünf Uhr von einem scheppernden Wecker aus dem Schlaf gerissen worden, hatte zehn Jahre lang mit nackten Beinen, pelziger Zunge, leerem Kopf und ungeschickten Bewegungen für die anderen Kaffee gekocht, die Räume geheizt, bevor sie aufstanden und sich hinauswagten, und ihre Schuhe geputzt, um sich aufzuwärmen.

Und deshalb, nur deshalb, war Odile Chatelards Geliebte geworden, es hätte ihretwegen genauso gut ein anderer sein können. Sie blieb in der lauen Wärme des Betts liegen, das noch nach Mann roch. Sie sah ihm zu, wie er sich an diesem Wintermorgen anzog, und fragte ohne rechte Überzeugung: »Warum hast du mich die ganze Woche kein einziges Mal mitnehmen wollen?«

»Weil du mittags noch nicht fertig wärst!«

Das stimmte freilich. Sie waren so wenig wie nur möglich füreinander geschaffen. Chatelard, der um zwei oder drei Uhr schlafen gegangen war, weil er nach dem Kino immer noch Leute traf, hatte wenig geschlafen und war doch, nachdem er sich kaltes Wasser ins Gesicht gespritzt hatte, putzmunter und strotzte vor verhaltener Lebenskraft.

Die Wohnung war alt und ländlich, ohne jeden Komfort, es gab nicht einmal eine richtige Badewanne, während das Café im Erdgeschoss eines der modernsten von Cherbourg war und im ersten Stock neben den

Billardtischen mit Mosaik gefliese Toiletten blitzten. Chatelard hatte alles umbauen lassen, seit er das Café vier Jahre zuvor von seinem Onkel geerbt hatte, als es noch eine alte Kaschemme wie alle anderen am Kai gewesen war. Er hatte auch das Kino nebenan eröffnet, das man die Bonbonniere nannte. Für dessen Einrichtung hatte er einen ins Violett gehenden roten Samt gewählt, lauschiges Licht, mit falschem Schmiedeeisen gerahmte Spiegel, aber es war ihm nie in den Sinn gekommen, in seiner Wohnung irgendetwas zu verändern.

So war er. Er gab zweitausend Franc für einen Anzug aus und ließ ihn vom Regen durchweichen oder warf das zusammengeknäuelte Jackett auf den Rücksitz seines Autos. Er hatte sich ein Zigarettenetui aus Gold und Silber gekauft, rauchte aber nur Caporal.

Er war ein Mann aus dem Volk. Und wenn er Odile genommen hatte, die ein einfaches Serviermädchen war, dann vielleicht, weil sie noch mehr aus dem Volk war als er. Im Übrigen hatte er sie auch aus Trotz genommen, um einer Mätresse, die ihn an der Nase herumführen wollte, zu beweisen, dass er sich um Frauen nicht scherte.

»Wie läuft es mit der Jeanne?«, fragte Odile, während sie ihre Faulheit genoss.

Sie konnte reden, so viel sie wollte! Sechs Monate waren sie nun schon zusammen, da hätte sie wissen können, dass er sich selten die Mühe machte, ihr zu antworten. Sie sollte ihm einfach nur folgen, wenn er sie mitnahm, ohne den Mund aufzumachen, sich in eine Ecke setzen, wenn er seine Partie spielte oder mit Freunden redete.

Dafür tätschelte er ihr manchmal die Schulter, als erkenne er an, dass sie ein braves Tier war.

Doch dann begann er selber Fragen zu stellen, während er seine Schuhe schnürte: »Wie alt ist sie eigentlich genau?«

»Marie? Warte … Zwischen uns beiden war ein Junge, der gestorben ist … Der war zweieinhalb Jahre jünger als ich … Und zwischen ihm und Marie … Dann ist sie jetzt siebzehneinhalb … Hat sie dir nichts für mich aufgetragen?«

»Nein.«

»Warum will sie nicht nach Cherbourg kommen?«

»Was weiß denn ich?«

Er zog sich fertig an, betrachtete sich zufrieden im Spiegel, und ohne Anstalten zu machen, ihr einen Kuss zu geben, warf er Odile zu: »Bis heute Abend!«

Er wusste, dass sie sich deswegen nicht grämen und wahrscheinlich bis Mittag schlafen würde. Unten trat er hinter die Theke und kramte etwas in der Kasse herum, stellte dem Pächter ein paar Fragen, stieg mit ihm in den Keller hinunter, um Bierfässer zu begutachten, die gerade geliefert worden waren, kümmerte sich um die Reparatur von ein paar Fliesen und um das Kinoplakat am Kai, das schief aufgehängt worden war.

Es nieselte. Das schmierige Pflaster war mit einem feinen schwarzen Schlamm bedeckt, auf dem sich die Spuren von Schritten und Reifen abzeichneten. Man sah die zwei schrägen Schornsteine eines deutschen Passagierdampfers vor dem Hafenbahnhof, wo man auf den transatlantischen Zug wartete.

Chatelard ging in die Garage, nahm seinen Wagen, hielt unterwegs noch einmal an, weil er vergessen hatte, eine Versicherungspolice zu unterschreiben, und dann hatte er hinter seinem Steuer eine halbe Stunde lang Frieden, einen Frieden, dem das ruckartige Hin und Her der Scheibenwischer seinen Rhythmus verlieh.

Es wurde allmählich zu einem Ritual. Gegen elf, halb zwölf kam er in Port-en-Bessin an, das er jetzt nur noch Port nannte, wie die Einheimischen es taten. Er kannte die Zeiten von Ebbe und Flut, wusste, ob er die Schiffe im Schlick steckend oder schon auf dem ölschimmernden Wasser liegend vorfinden würde.

Er erkannte das seine, die Jeanne, direkt gegenüber von Jacquin, dem Schiffsmechaniker, und es waren immer Leute auf dem Deck.

Aber er hielt noch nicht an. Er stellte sein Auto erst vor der Tür des Café de la Marine ab und stürmte hinein, ohne die Tür hinter sich zu schließen, was dem Wirt nicht entging.

»Hallo!«

Er sagte nicht Guten Tag, sondern »Hallo«, und er nahm nie seinen Hut ab, nicht einmal abends im Kinofoyer, wenn er sich mit den Damen unterhalten musste. Er schob ihn lediglich etwas zurück, wenn er sich in Innenräumen aufhielt.

»Ist die Marie nicht da?«

»Sie macht die Zimmer …«

Er wusste es, konnte aber nicht anders, als die Frage zu stellen. Um diese Uhrzeit war das Café leer; der Speisesaal nebenan noch leerer, und der Wirt war für gewöhnlich dabei, sorgfältig das Menü zu schreiben, wobei er manchmal in die Küche lief, um Auskünfte einzuholen.

Es war ihm nichts anderes übriggeblieben, als sich an Chatelards Manieren zu gewöhnen, der ebenfalls in der Küche ein und aus ging, sich Kaffee einschenkte und sich an der Theke Rum nahm.

Worauf er, vielleicht im Glauben, dass der Wirt, der ein alter Schlaufuchs war, nichts merkte, auf seine Hände schaute, ein bisschen zögerlich tat und etwas murmelte wie: »Ich muss mir mal die Hände waschen ...«

Das alles, weil die Toilette oben war, am Ende des Gangs, von dem die drei Zimmer abgingen. Am Morgen waren die Zimmer offen und wurden zum Reich der Marie, die ihre Holzschuhe auszog und auf Wollstrümpfen herumlief, während sie die Holzböden kehrte, die Betten machte und die Waschkrüge auffüllte.

»Wie geht's?«, fragte er sie. »Noch nicht fertig?«

Und dann behandelte die Marie ihn genauso, wie er Odile behandelte, das heißt, sie machte sich meistens nicht mal die Mühe zu antworten. Sie sah ihn an, als wollte sie sagen: »Was will der denn schon wieder?«

Und wenn er länger in der Tür stehen blieb, fragte sie geradeheraus: »Was wollen Sie denn?«

»Nichts ... Ich schaue Sie an ... Ich frage mich immer noch, warum Sie nicht nach Cherbourg kommen wollen, wo Sie weniger arbeiten und besser verdienen würden als hier.«

Sie trug ein schwarzes Kleid, eine weiße Schürze, einen kleinen weißen Kragen um den Hals. Ihr Haar

31

war immer zerzaust – wie bei Odile, das musste in der Familie liegen!

»Ist das alles?«

»Hören Sie, Kleines …«

»Ich bin nicht Ihr Kleines … Vorsicht! Ich schüttele den Läufer aus.«

Sie machte es mit Absicht, und das genügte, um Chatelard zu verstimmen. Er betrat die Toilette. Wenn er wieder herauskam, ermahnte sie ihn barsch: »Versuchen Sie heute mal, die Tür zuzumachen!«

Dann streckte er ihr manchmal im Vorbeigehen die Zunge heraus, denn trotz seiner fünfunddreißig Jahre hatte er sich nie ganz daran gewöhnt, erwachsen zu sein.

Er wurde es erst an Bord der Jeanne wieder, wo er, kaum angekommen, alle drangsalierte, die Zimmerleute, die auf Deck und im Laderaum arbeiteten, die Mechaniker, die den Motor überholten und ein neues Spill einbauten.

Es gefiel ihm, die Handwerker herumzukommandieren. Und noch lieber zog er die Jacke aus und griff, trotz seines Seidenhemds, nach irgendeinem Gegenstand aus Eisen oder Holz, dem erstbesten Werkzeug, um den Leuten zu zeigen, dass er alles konnte.

»Als ich an Bord der Marie-Jésus war …«, murmelte er vor sich hin.

Da er erst um elf oder halb zwölf ankam, war er ganz überrascht, wenn er die anderen um zwölf aufhören sah, und putzte sie herunter. Dann geriet er, wie jeden Tag, mit Dorchain aneinander, den er den Schulmeister nannte.

Dabei hatte er ihn selbst aus Cherbourg hergebracht, um das Kommando auf der Jeanne zu übernehmen, und Dorchain tat, was er konnte, um die Instandsetzung zu beschleunigen.

Es war nicht seine Schuld, dass er eher einem normannischen Schullehrer glich als einem Kapitän. Noch weniger konnte er etwas dafür, dass er eine Brille trug und die Arbeitskleidung ihn schüchtern und bieder wirken ließ.

Er war dick, hatte ein rosa Gesicht, vorstehende Augen und ein freundliches Lächeln; er war zu jedermann höflich und schien sich jedes Mal fast zu entschuldigen, wenn er jemanden ansprach oder ein Café betrat.

»Verzeihung, Monsieur Chatelard, gestern haben Sie gesagt ...«

»Was geht es mich an, was ich gestern gesagt habe! Was ich sehe, ist, dass heute das Spill nicht an seinem Platz ist und dass ...«

Wenig später betraten sie zusammen das Café de la Marine, wo um diese Zeit immer ein paar Fischer ihren Aperitif tranken. Chatelard wusste, dass sie auf ihn wütend waren, weil er die Jeanne gekauft und Viau nicht angeheuert hatte. Sie wären so oder so wütend gewesen, weil er aus Cherbourg kam, und zu allem Überfluss hatte er auch noch einen Kapitän von dort mitgebracht.

Er tat, als würde er es nicht merken; er machte sich einen Spaß daraus, unter ihnen zu verweilen, dazwischenzurufen, über das Wetter und die Fischerei zu reden, über die Fischpreise, über alles, was ihm durch den Kopf ging.

Sie standen in ihrer steifen Tuchkleidung da wie in Stein gehauen, die einen blau, die anderen rötlich, alle mit helleren oder dunkleren Flicken, schlecht rasierten Wangen, die Holzschuhe oder Stiefel wie Statuensockel.

Chatelards Faxen galten ebenso sehr der Marie wie ihnen, denn er hatte bemerkt, dass sie sich ein paarmal ein Lächeln nicht hatte verkneifen können.

Zuletzt ging er in den Nebenraum und setzte sich mit dem Schulmeister an einen Tisch, und es war die Marie, die sie bediente und die jedes Mal, wenn sie mit einem Teller hereinkam, Chatelards Blick begegnete.

Das würde nicht ewig so weitergehen, aber bis die Jeanne wieder in See stach, würde sich an seinem Tagesablauf nicht viel ändern. Die Küche war gut. Chatelard aß reichlich, dann schob er seinen Hut zurück und ging zurück an Bord, wo die Handwerker schon wieder bei der Arbeit waren.

Um das Hafenbecken herum herrschte Ruhe. In den Schaluppen flickten Männer Netze, andere spleißten neue Taue oder breiteten die Schleppnetze zum Trocknen aus.

Nachdem er eine Stunde lang gearbeitet oder bei der Arbeit zugeschaut hatte, ging Chatelard mit unschuldiger Miene im Café de la Marine vorbei, weil er wusste, dass er die Marie in der Küche antreffen würde.

Er hatte noch nie ernsthaft mit ihr geredet. Er meinte immer scherzen zu müssen. Jedes Mal musste er etwas Neues finden, und es fiel ihm natürlich nicht immer etwas Geistreiches ein.

Sie hielt mit ihrer Meinung nicht hinterm Berg, zuckte mit den Schultern oder meinte abfällig: »Sehr intelligent!«

Er ließ nicht locker, auch wenn es ihm schwergefallen wäre zu erklären, warum er so um sie herumscharwenzelte, wo sie doch ein ganz gewöhnliches Mädchen war und er sich ein Dutzend von ihrer Sorte hätte halten können.

Anfangs hatte er gedacht, es würde einfach sein, sie mit nach Cherbourg zu nehmen, und er hatte ihr zu verstehen gegeben, dass sie dort nicht viel zu tun hätte.

Eigensinnig, stur antwortete sie: »Und wenn es mir gefällt zu arbeiten?«

»Dann arbeitest du eben …«

»Ich mag es nicht, wenn man mich duzt.«

»Das tun doch alle anderen auch …«

Das stimmte. Die meisten Fischer, die sie entweder von klein auf kannten oder auf der Straße mit ihr gespielt hatten, duzten sie.

»Das ist nicht das Gleiche …«

»Einverstanden, Prinzessin!«

Er tat, als würde er lachen, konnte jedoch gleichzeitig nicht umhin, sie mit einem ernsten, fast dramatischen Blick zu betrachten.

Einmal hatte sie gesagt: »Eine in der Familie reicht!«

Darauf hatte er nichts zu antworten gewusst. Und am Abend war er derart unfreundlich zu Odile gewesen, dass er sie zum Weinen gebracht hatte, was nicht leicht war.

»Haben Sie denn einen Liebsten?«

»Warum nicht?«

»Einen jungen Kerl von hier?«

»Die sind genauso gut wie die Leute aus Cherbourg!«

Er kochte vor Wut, ging zurück an Bord, kam eine Stunde später wieder und fand sie beim Gemüseputzen.

»Schon wieder Sie?«

Was hatte sie an sich, was andere nicht hatten? Sie war mager, kaum geformt, ihren Busen konnte man unter der zu engen Bluse höchstens erahnen. Sie hatte ein langes, farbloses Gesicht, ihre Augen waren längst nicht so groß wie die ihrer Schwester, und ihr Mund war schmal, immer schmollend oder traurig, oder verächtlich, man wusste es nicht recht.

Außerdem war sie nie nett zu ihm, und wenn sie ihn einmal bediente, stellte sie sein Glas so schroff auf den Tisch, dass ein guter Teil davon überschwappte.

»Hören Sie, Marie …«

»Seien Sie still! Sie sehen doch, dass ich Radio höre.«

Er war gekränkt, empört! Er machte sich Vorwürfe, weil er, Chatelard, ein Mann, den in Cherbourg jeder kannte, um die schwarzen Röcke eines Mädchens herumschlich, das ihn behandelte wie einen Burschen ihres Alters.

Und weil er beleidigt war, versuchte er es wieder, mit immer plumperen Scherzen, und holte sich eine Abfuhr.

Der Wirt, der früher in einem vornehmen Haus Chauffeur gewesen war, hatte das Spielchen natürlich bemerkt, und Chatelard sah ihn schief an und begann ihn zu hassen, weil er sich vorstellte, wie er, kaum war er selbst aus der Tür, auf die Kleine zuging und sie fragte: »Na? Was hat er wieder dahergeredet?«

Pech für den Schulmeister! Er war es, der alles abbekam, er und die Mechaniker, die Chatelard nach jedem Besuch im Café de la Marine weiter schikanierte.

Er hätte gern jemanden gefragt, ob die Marie einen Liebsten hatte, aber er traute sich nicht. Manchmal sah er Viau, wie er auf dem Kai eine Runde drehte und um sein früheres Schiff herumstrich, aber Chatelard hatte keine Lust, ihn zu bedauern.

»Er hat wieder als einfacher Fischer mit Fangbeteiligung angeheuert, nicht? Dann ist er wohl dafür geschaffen!«, meinte er zu Dorchain. »Glück und Pech, das ist doch Humbug. Im Leben tut man immer, was für einen bestimmt ist, und damit basta …«

Hatte er das Geschäft seines Onkels nicht um das Dreifache, ja um das Vierfache vergrößert, seit er es geerbt hatte? Dabei hatte auch er als Fischer angefangen und wegen des Rechnens seine Kapitänsprüfung nie bestanden.

Na und?

Es gab Augenblicke, in denen er am liebsten alles ändern wollte, die Jeanne nach Cherbourg überführen, um mit Port-en-Bessin und dieser verfluchten Marie abzuschließen. Der Schulmeister riet ihm dazu und behauptete, der Fisch verkaufe sich in Cherbourg besser, doch Chatelard hatte ihm lediglich geantwortet: »Du sagst das nur, weil deine Frau dort ist … Nun, da hast du eben Pech gehabt … Der Heimathafen der Jeanne ist und bleibt Port-en-Bessin. Du kannst gehen oder bleiben ...«

Natürlich blieb Dorchain, denn er hatte seit dem Sommer keine Arbeit mehr gefunden.

Und das alles wegen der Marie!

*

Eine von einem Hilfsmechaniker zerbrochene Nockenwelle war der Grund, warum Chatelard an diesem Tag zum Abendessen in Port-en-Bessin blieb. Er wollte nämlich nicht, dass die Arbeit wegen der Nockenwelle unterbrochen wurde. Also fuhr er mit seinem Wagen nach Caen, um das Ersatzteil zu holen, und verlangte, dass am Abend im Licht der Azetylen-Lampen weitergearbeitet wurde.

Er ahnte nicht, dass dieser Zwischenfall Folgen haben könnte, ja er wusste nicht einmal, dass es einen gewissen Marcel Viau gab, Sohn des gleichnamigen früheren Eigentümers der Jeanne.

Besagter Marcel Viau verließ um fünf Uhr das Büro eines Architekten in Bayeux, wo er den ganzen Tag Blaupausen abzog.

Die Lampen in den Geschäften und die Gaslaternen brannten schon. Marcel trat aus einer dunklen Gasse und überquerte die Hauptstraße, um in ein menschenleeres Viertel zu gelangen, wo er bald im Durchgang eines großen Gebäudes verschwand.

Das war sein tägliches Los. Seine Arbeit bei dem Architekten ließ ihn immer ein paar Minuten zu spät zum

Zeichenkurs kommen, und er schlüpfte lautlos in den riesigen Saal, wo mit weißem Papier bespannte Tische von Spiegellampen grell beleuchtet wurden.

Es war eine Welt für sich, weit weg von Bayeux und von allem Leben, eine Welt, in der ein paar Menschen jeden Tag für zwei Stunden zusammenkamen, jeder unter einer Lampe, die nur ihn beleuchtete, sein Zeichenbrett, sein mit Heftzwecken befestigtes Blatt, die flachen Lineale, die Radiergummis und Zirkel.

Es hingen keine Vorhänge an den Fenstern, die hoch und breit waren wie die von öffentlichen Gebäuden, aber man sah draußen nichts als die Dunkelheit, und wenn es regnete, die silbrigen Tropfen auf den Scheiben.

Auch die Temperatur war neutral, offiziell, wie in Rathäusern, Schulen und Museen.

Man musste leise sein. Ein Lineal, das auf den Boden fiel, verursachte dröhnenden Lärm, und das Kratzen eines Klappmessers an einem Bleistift war zehn Meter weit zu hören.

Manchmal drehte man sich um und spürte einen Schatten hinter sich. Man erschauderte, erstarrte und wartete mit zugeschnürter Brust auf das grausame Urteil des Lehrers, der absichtlich Kreppsohlen trug.

Drei Jahre lang hatte Marcel Viau sich Mühe gegeben. Jetzt war er siebzehn Jahre alt, und er bemühte sich noch immer, aber ohne Glauben, ohne Hoffnung, denn er wusste, dass der Lehrer nachher mit dumpfer Stimme verkünden würde: »Viau, Sie sind wirklich ein Kalb!«

Auf diesen Kalauer war man verfallen! Man hatte auch bemerkt, dass sein Kopf zu groß war und sein dichtes

Haar lauter Wirbel bildete. Und seine Kameraden behaupteten, er rieche nach Ebbe und man könne in einem Umkreis von fünf Metern um ihn herum nicht arbeiten.

Er musste trotzdem weitermachen, denn es war zu spät, um etwas anderes anzufangen, und der Vater Viau versteifte sich darauf. Die Schuld lag aber weniger beim Vater als beim Schullehrer, der vier Jahre zuvor erklärt hatte: »Marcel ist im Zeichnen sehr begabt …«

Also hatte man, da man keinen Fischer aus ihm machen wollte und zu dieser Zeit etwas Geld hatte und meinte, das würde immer so bleiben, beschlossen, ihn zum Zeichner auszubilden.

Zeichner wofür? Das würde sich zeigen! Es gab Schiffszeichner und andere, die Motorteile zeichneten.

Marcel war herangewachsen. Sein Kopf war noch größer geworden. Er trug lange Hosen ohne Bügelfalte und Schuhe, die ihm zu groß waren.

Jetzt musste er bis sieben Uhr warten, unter seinem Lampenschirm über das blendend helle Papier gebeugt.

Von sieben bis acht Uhr musste er dann die nächste Qual durchstehen, die den gewöhnlichen Schülern erspart blieb, denn sie brauchten nur zu ihren Eltern nach Hause zu gehen.

Marcel dagegen musste auf den Autobus nach Port-en-Bessin warten. Er hatte Hunger. Er hatte kein Geld, um in die Cafés zu gehen, in denen er die Leute im Warmen, im Lärm und im Licht sitzen sah.

Er ging spazieren, betrachtete jeden Tag die gleichen Auslagen, ohne je zu versuchen, andere Wege zu nehmen, doch er wälzte Gedanken, die niemand ahnte, weder sein Vater noch sein Chef, der ihn gern als Simpel bezeichnete, oder sein Lehrer, der keine Gelegenheit ausließ, ihm eine armselige Zukunft vorauszusagen.

Manchmal kaufte er sich, obwohl er schon siebzehn war, für ein paar Centime Bonbons, die er so langsam wie möglich lutschte. Um Viertel vor Acht stieg er dann ein und setzte sich ganz hinten in den schlecht beleuchteten Bus, der auf dem Weg nach Port-en-Bessin noch an zwei oder drei Gehöften hielt.

Wer hätte ahnen können, dass Marcel in seinem großen, blassen Kopf für die ganze Welt nichts als hasserfüllte Gedanken hegte?

Der Bus hielt gegenüber dem Café de la Marine, doch um diese Zeit waren die Vorhänge zugezogen, und man musste ganz nah herangehen, um durch die Schlitze zu schauen.

Es waren Fischer da, mindestens drei Tische mit Fischern, von denen die meisten nichts taten, als ihre Pfeife zu rauchen und zu reden, und auch der Vater Viau war da, in der Nähe des Tresens, immer am selben Platz und einen Kaffee mit Schuss vor sich.

Man konnte nicht wissen, wie viel er davon trank, vor allem in der letzten Zeit, aber sein Schnurrbart roch stark nach Rum, und abends vertrug er keine Widerrede mehr.

Die Marie war auch da, ruhig, gelassen, ohne ein Lächeln, doch auch ohne Ungeduld bediente sie diese Männer wie große Kinder, sie blieb vor ihnen stehen und hörte sich an, was sie sagten, ging dann wieder zum Tresen, um die Tassen oder Gläser zu füllen.

Marcel musste essen gehen. Ihr Haus stand am Ende des Hafenbeckens, neben dem des Mechanikers. Viau hatte es erbauen lassen, es war fast neu, mausgrau gestrichen, mit weißen Fenstern.

Die Eingangstür war verglast und mit einer Gardine verhängt, die das Licht durchscheinen ließ. Man trat direkt in die Küche, und dort wartete Marthe am Tisch, auf dem nur noch das Gedeck ihres Bruders stand, denn die anderen hatten schon zu Abend gegessen.

Warum hatte Marcel nicht eine Schwester wie alle anderen, sondern eine, die taub und stumm war und immer dümmlich lächelte?

Er konnte ihr nichts erzählen. Sie gab ihm durch Zeichen zu verstehen, ob die Laune des Vaters gut oder schlecht war, aber sie war fast immer schlecht. Er aß seine Suppe, die Ellbogen aufgestützt, laut schlürfend, denn wozu hätte er sich Zwang antun sollen? Es gab aufgewärmten Fisch, dann Apfelkompott oder eine gekochte Birne. Ihm wurde schon beim bloßen Anblick von gekochten Birnen übel!

Danach ging er hinaus, noch trauriger als in Bayeux, voller Angst, dass er seinem Vater begegnen könnte, der ihm verbieten wollte, abends auszugehen.

Man hörte den Atem des Meeres, das Schlagen der Wellen gegen die Kais, quietschende Winden. Alles in allem waren höchstens sechs Gaslaternen und ein Dutzend beleuchtete Fenster zu sehen.

Er nahm immer den gleichen Weg, kam bei der Drehbrücke an und drückte sich in den Schatten, um darauf zu warten, dass die Tür des Café de la Marine aufging.

Er wartete auf die Marie, die Marie, die nicht kam, die kein einziges Mal gekommen war seit dem Tod ihres Vaters, seit dieser Mann aus Cherbourg ständig in Port herumlungerte!

Regungslos, den Rücken gegen das eisige Geländer gelehnt, wälzte er bittere Gedanken, abscheuliche Gedanken, fürchterliche Pläne, die er niemandem hätte erzählen können, wie etwa den, sich ins Wasser zu stürzen oder sich ins Zimmer der Marie zu schleichen, dessen rundes Fenster man im Dach sah, und dort auf sie zu warten.

Er hatte auch daran gedacht, diesem Chatelard eines Tages aufzulauern, ihn anzusprechen, ihn zu bedrohen. Oder, warum nicht, ihm geradeheraus zu sagen, dass er die Marie liebte, dass sie seine einzige Liebe war, sein einziger Lebenssinn, das Einzige, was er auf Erden hatte, während so ein Mädchen für ihn, Chatelard, der alles hatte, was er wollte, doch nichts bedeutete …

Mal weinte er einsam in seinem schattigen Winkel, mal lachte er vor sich hin, und wenn er zum anderen Ufer des Hafenbeckens hinüberschaute, zu dem hölzernen Zollhäuschen, biss er die Zähne zusammen und ballte die Fäuste, denn dort hatten sie sich bis vor ein paar Tagen manchmal getroffen an den Abenden, die mitunter so dunkel waren, dass sie sich nicht einmal sahen.

»Bist du's?«, flüsterte er, sicher, dass sie es war, mit ihrem Schultertuch und ihren Holzschuhen.

Und jedes Mal antwortete sie: »Ich bin spät dran …«

Jetzt war sie mit all diesen Männern dort drinnen, hinter dem Vorhang, und er konnte als Einziger nicht hinein.

War das nicht der Wagen von Chatelard, der da in der Ecke parkte? Würde dieser Mann es sich zur Gewohnheit machen, in Port zu Abend zu essen und vielleicht gar zu übernachten?

Die Tür öffnete sich nicht. Niemand ging hinein, niemand kam heraus, man sah nur die gelben Vorhänge, darüber Rauchschwaden und den oberen Teil einer Werbetafel auf der dunkel geblümten Tapete.

War das alles nicht ungerecht? Durfte Viau den ganzen Abend in diesem Café sitzen und trinken und seinem Sohn verbieten, auch nur einen Fuß hineinzusetzen, um ein paar Worte mit Marie zu wechseln? War Marcel nicht der unglücklichste Mensch auf der Welt?

Sein Herz begann zu klopfen, denn soeben war die Tür aufgegangen. Aber sie öffnete sich nicht weit genug, gerade so weit, dass er die Beine und die Holzschuhe zweier Fischer erkennen konnte, während jemand herauskam.

Es war kalt. Marcel wusste, dass ihm diese Warterei eines Tages noch eine Bronchitis bescheren würde, oder gar eine Lungenentzündung, seine Cousine in Le Havre war an einer gestorben.

Dann sollte es so sein! Er litt einfach zu sehr! Da packte ihn plötzlich der Zorn, und er beschloss, über die Straße zu gehen, er tat es, er legte die Hand auf den Knauf, stieß die Tür auf, und die warme, stark riechende Luft, die ihm entgegenschlug, ließ ihn schwindeln.

Es war zu spät, um umzukehren. Er konnte die Dinge und die Leute um sich herum nicht klar erkennen. Vielleicht sechs, vielleicht mehr Personen redeten durcheinander, und er ging immer weiter und suchte die Marie, er fand sie nicht, erreichte die Tür des Speisesaals, und da entdeckte er das junge Mädchen schließlich im Gespräch mit Chatelard!

Er hatte den Eindruck, dass sie lachte. Er war totenbleich und sagte mit einer Stimme, die er nicht wiedererkannte: »Marie!«

Er sah sich im trüben Wasser eines schwarz gerahmten Spiegels. Alles Übrige sah er nicht so genau, außer dem Kleid und der Schürze der Marie, ihrem erstaunten Blick, ihrer gerunzelten Stirn.

»Sag mal, Junge ...«, erklang eine dröhnende Stimme.

Er drehte sich genau in dem Moment um, als sein Vater sich mühsam von seinem Stuhl erhob, größer und breiter denn je, der Schnurrbart feucht, in den Augen eine böse Flamme.

»Seit wann verkehrt man in deinem Alter in Cafés?«

Das war fürs Publikum. Er wusste, dass alle ihn anschauten, bereit, über das Folgende zu lachen.

»Wärst du wohl so gut und machst, dass du schleunigst nach Hause kommst?«

Doch Marcel, dem die Ohren sausten, sprach angespannt: »Marie! Ich *will*, dass du einen Moment mitkommst ...«

Neben ihr, an dem Tisch, den sie gerade abräumte, saßen zwei Männer, Chatelard und der Schulmeister.

»Was hast du gesagt, Junge?«

Sein Vater hatte sich vor ihm aufgebaut wie eine Mauer, und Marcel musste den Kopf heben, um ihm in die Augen zu schauen.

»Ich bin groß genug, um zu wissen, was ich zu tun habe ...«

»Wie? Was hast du gesagt ...?«

»Marie! Ich muss dich sprechen ...«

Er hatte sich schon verschiedene hitzige Szenen bis in alle Einzelheiten ausgemalt, aber da war er allein im Dunkeln gewesen, und niemals hatte er gedacht, dass es tatsächlich dazu kommen könnte. Seine Lippen zitterten. Fast hätte er mit den Zähnen geklappert, und er hob instinktiv den Ellbogen, um sich vor Schlägen zu schützen.

Das war nicht verkehrt, denn eine Hand näherte sich, packte sein Ohr und drückte es so fest, dass Marcel vor Schmerz aufschrie.

»Mach, dass du nach Hause kommst, hörst du? Scher dich heim und warte auf mich, dass ich dir einen Denkzettel verpasse ...«

Die Leute lachten. Marcel sah in verschiedene Gesichter, doch da war niemand, der ihn in Schutz genommen hätte.

»Ich gehe nicht nach Hause!«, erklärte er. »Ich will mit Marie reden ...«

»Was hast du gesagt?«

»Ich habe gesagt, dass ich nicht gehe, dass ich nicht mehr nach Hause gehe ... Ich habe gesagt ...«

Ein Stuhl fiel krachend um. Marcel wich zurück, denn sein Vater schob ihn mit seinem vollen Gewicht zur Tür und verdrehte ihm dabei das Ohr.

»Verschwinde, sag ich dir ...! Verschwinde, du Lümmel!«

Und Marcel japste wütend noch einmal: »Marie …!«

Er stolperte. Der Stoß war zu heftig gewesen, und er taumelte zwei oder drei Schritte zurück, verlor das Gleichgewicht, prallte mit dem Rücken gegen die Gehsteigkante und blieb eine ganze Weile liegen, ehe er wieder aufstand, wie um seine Demütigung und seine Wut bis zum bitteren Ende zu erleiden.

Die Tür des Cafés war wieder zugefallen, und von drinnen hörte man Stimmengewirr.

3

Die lebendige Dunkelheit des Meeres verströmte eisige Luft. Marcel zitterte vor Kälte, aber mehr noch vor Zorn, vor Ungeduld. Er fieberte. Er redete vor sich hin, während er weiter wie gebannt über den schmalen Kanal hinweg auf die drei hellen Rechtecke des Café de la Marine schaute.

»Sie wird nicht kommen ... Sie wird es nicht *wagen* zu kommen ...«

Gemeint war natürlich die Marie, und Marcel hätte schwerlich erklären können, warum er das Wort »wagen« gebrauchte. Vielleicht weil es nach Herausforderung klang? Weil er selbst gerade von seinem Vater gedemütigt, hinausgeworfen, nicht nur in seinem Stolz, sondern auch körperlich verletzt worden war und es nicht gewagt hatte, sich zu widersetzen?

Er musste nun wohl seinerseits jemandem Angst machen, der Marie, die jetzt wusste, dass er draußen auf sie wartete, und es nicht *wagen* würde zu kommen.

Nicht nur seinetwegen würde sie es nicht wagen, sondern auch wegen des anderen, dem Chatelard: Sie würde sich schämen, dass man denken könnte, sie laufe einem grünen Jungen nach!

So war das Leben! Und in der Zwischenzeit schwoll das Meer an, sein feuchter, schlickiger Atem durchdrang den jungen Mann bis auf die Knochen. Hinter den cremefarbenen Vorhängen redeten, tranken, lachten die Männer, lauter Grobiane, die die Marie ganz nah an sich vorbeikommen sahen, die ihre Stimme hörten und davon nicht berührt waren!

»Sie wird es nicht wagen zu kommen! Ich wusste es …«

Aber Marcel schummelte etwas, denn wenn er sich mit solcher Vehemenz vorsagte, dass sie nicht kommen würde, dann doch in der Hoffnung, eines Besseren belehrt zu werden.

»Sie wird nicht kommen!«

Und schließlich geschah das Wunder, mit der größten Selbstverständlichkeit der Welt, so selbstverständlich, dass es verstörend war. Die Tür des Cafés ging auf und schloss sich gleich wieder, während die Marie auf der Schwelle erschien. Dort blieb sie einen Moment stehen, um sich den Mantel über den Kopf zu ziehen, wie die Mädchen der Gegend es tun, wenn es regnet.

Wie konnte es sein, dass sie ihm blass erschien, da sie doch so weit weg war und nicht einmal im Licht stand? Sie warf einen Blick nach rechts, einen Blick nach links. Sie hatte ihn sicher nicht gesehen, denn das Zollhäuschen verdeckte ihn halb, aber sie lief trotzdem los, rannte über die Straße, über die Drehbrücke, wo sie instinktiv langsamer wurde, weil die Brücke jeden Schritt widerhallen ließ.

Zwei oder drei Meter vor ihm fragte sie wie früher: »Bist du da, Marcel?«

Und dann sofort, ohne Zorn, aber auch ohne Milde: »Bist du denn jetzt verrückt geworden?«

Die Dunkelheit ließ das Relief der Gesichter hervortreten, denn man betrachtete sich ganz aus der Nähe, und es war, als sei die Haut phosphoreszierend. Marie sah wohl, dass Marcels Ausdruck anders war als sonst, sie runzelte die Stirn, raffte ihren Mantel über der Brust zusammen und fragte ungeduldig: »Was ist denn in dich gefahren? Willst du vielleicht, dass ich meine Stelle verliere?«

»Marie …«

»Was, *Marie*? Erst mal: Ich will nicht, dass du ins Café kommst, hörst du?«

»Und wenn ich nicht will, dass du dahin zurückgehst?«, wagte er auszusprechen.

»Du hast gar nichts zu sagen! Was ich mache, geht dich nichts an …«

»Marie …!«

»Marie! Marie! Marie! Und wenn du meinen Namen hundertmal wiederholst, das bringt dich auch nicht weiter!«

Er stand dicht neben ihr und traute sich doch nicht, sie zu berühren. Es war im Grunde nichts passiert, aber es erschien ihm unmöglich, dass sie ihm weiter erlauben würde, ihre raue kleine Hand in der seinen zu halten, seine Lippen über ihren warmen Hals gleiten zu lassen.

»Ich bin unglücklich …«, stammelte er demütig.

»Du bist ein Kind, das bist du!«

»Erinnere dich, Marie …«

»Nur weil wir uns fünf- oder sechsmal im Dunkeln geküsst haben, bildest du dir ein …«

»Ich liebe dich!«

Er senkte die Stimme, eingeschüchtert von diesem Wort, und sie zuckte mit den Achseln und versetzte mit einem besorgten Blick zum Café hinüber: »Ach, bist du dumm!«

»Du hast mir gesagt, dass du mich auch liebst …«

»Also, nur weil man das einmal zu einem Jungen gesagt hat …«

Ihm wurde schwindelig, und er fuhr fort: »Du liebst einen anderen, nicht wahr? Du liebst diesen Mann …«

»Sei still, Marcel … Ich muss wieder hinein, sonst wird man mich suchen. Du musst mir versprechen, mich in Ruhe zu lassen.«

»Gib zu, dass du ihn liebst …«

»Ach, du bist doch wirklich dumm!«

»Gib es zu …«

Ihr Instinkt drängte sie zu gehen. Doch da sie eben noch da war, musste sie bleiben, denn man hörte das Krachen eines schweren Eisenhakens, des Hakens der Brücke, die sich öffnete. Aus dem Hafenbecken war ein kurzes Sirenensignal ertönt, wie der Ruf eines Tieres in der Nacht. Eine schwarze Masse glitt die Fahrrinne entlang, ihr rotes und ihr grünes Licht schienen die Häuser am Kai zu streifen.

»So was Blödes!«, meinte sie.

Zumal gegenüber die Tür aufging! Ein Mann trat aus dem Café, man konnte den roten Punkt seiner Zigarette erkennen. Es war Chatelard, der so tat, als schnappe er frische Luft, der aber sicher nach der Marie suchte und bestimmt schon den weißen Schürzenzipfel erkannt hatte, der unter ihrem Mantel hervorschaute!

Der Fischkutter kam näher. Marcel fing mit kläglicher Stimme wieder an: »Hör doch, Marie …«

»Ich will nichts hören!«

»Ich weiß nicht, wozu ich fähig bin … Du musst mit mir kommen … Wir gehen beide weg von hier …«

Da schaute sie ihm ruhig in die Augen und fragte: »Bist du jetzt völlig übergeschnappt?«

Während es zwischen den beiden Steinmauern hindurchfuhr, war das Schiff höher getreten und steuerte jetzt durch das Hafenbecken auf die Fahrrinne zu, wo man nur zwei Lichter glimmen sah. Die Brücke schloss sich lautlos wieder.

»Marie …!«

Am anderen Ufer stand Chatelard noch eine Weile vor dem Eingang, ging dann zurück ins Café und schloss die Tür. Dann erreichte Marie ihrerseits den Eingang und drehte sich nicht einmal um. Sie griff nach dem Türknauf. Sie war wieder drinnen, im Tabakrauch, im Warmen, im Lärm, im Leben.

✳

Da sie in ihren Kleidern etwas Kälte hereintrug, sahen die Männer sie an, doch sie schaute gleichgültig drein, hängte ihren Mantel an den Haken, das Gesicht unbewegt, auch wenn ihr Atem heftiger ging als sonst. Sie war ein Stück gerannt, und ihr Herz klopfte.

Mit einem Lappen wischte sie einen Tisch ab, der nicht schmutziger war als die anderen, und suchte dabei mit dem Blick Chatelard, der nicht da war. Wie als Antwort auf diesen Blick war er sogleich aus dem Nebenraum zu hören, wo er mit einer Münze gegen eine Untertasse schlug, und so konnte Marie zum Wirt gehen und fragen: »Haben Sie die Rechnung?«

Hinter dem Tresen, hinter den Flaschen im Regal hing ein breiter, schlechter Spiegel, grau und verzerrend, und die Marie betrachtete sich einen Moment lang darin, sah sich mit einem langen, farblosen Gesicht, einer herabhängenden Haarsträhne und ihrem weißen Kragen, der umgestülpt war. Sie machte keine Anstalten, daran etwas zu ändern, auf ihrem Gesicht zeigte sich sogar ein verhaltenes Lächeln.

»Zweiundvierzig Franc fünfzig mittags ... Siebzehn Franc Getränke ... Sechsundvierzig fürs Abendessen ...«

Die Fischer betraten den Speisesaal, der für auswärtige Gäste vorgesehen war, nur selten. In seiner Mitte stand ein blauer Kachelofen, und Dorchain, in Stiefeln, streckte vor dem Feuer die Beine aus.

Chatelard dagegen stand und hatte ein komisches, nicht sehr aufrichtiges Lächeln auf den Lippen. Vielleicht war die Marie in diesem Moment auch nicht ganz aufrichtig? Sie schien es etwas eilig zu haben, ihrem Gegenüber seine Rechnung zu geben, und hielt sich dabei auf Abstand.

»Haben Sie es nicht kleiner?«

Er ließ sie hinausgehen, um Wechselgeld zu holen. Sie wunderte sich, denn sie hatte gedacht, dass er etwas sagen würde. Sie tauchte wieder in den verrauchten Caféraum ein, wo der Vater Viau immer noch vor sich hin schwadronierte. Sie zählte das Geld ab, brachte es zurück, tat, als wolle sie wieder gehen, ohne auf ihr Trinkgeld zu warten.

»Hier!«, sagte Chatelard ruhig und hielt ihr ein Zehn-Franc-Stück hin.

Sie nahm es, steckte es in ihre Schürzentasche und vermied es, den Kopf abzuwenden, denn er schaute ihr in die Augen, und sie wollte nicht wirken, als lasse sie sich einschüchtern.

»Dann ist er es also?«

So gut sie sich auch im Griff hatte, sie konnte die Andeutung eines Lächelns nicht unterdrücken und musste sich anstrengen, es von ihren Lippen zu löschen.

»Wer?«

»Du hast keine Ahnung, wovon ich rede, wie?«

»Nein!«

»Triffst du dich oft hinter dem Zollhäuschen mit ihm?«

Sie wollte, dass er ihr direkt ins Gesicht schaute. Sie senkte den Kopf nicht. Ihre Nasenflügel bebten, ihre Augen glänzten.

»Sooft ich kann.«

»Hat er nicht gerade von seinem Vater eine Abreibung verpasst bekommen?«

»Kann schon sein … Ich habe nicht darauf geachtet …«

Er fühlte sich unwohl, das konnte man sehen, es war ihm peinlich, so zu reden, dazustehen und sich über ein kleines Mädchen und einen verliebten Jungen aufzuhalten. Er ärgerte sich über Dorchain, der ihm dämlich zuzwinkerte, als wäre etwas ganz anderes passiert.

»Geht das schon lange so?«

»Eine Weile …«

»Und liebst du ihn?«

Er tat, als würde er lachen, nahm einen gönnerhaften Ton an, wie man ihn gegenüber Kindern anschlägt.

»Die große Liebe, ja …? Wollt ihr bald heiraten?«

»Das Datum steht noch nicht fest …«

Es war schwindelerregend. Die Marie musste sich auf die Lippen beißen. Alles bebte, alles vibrierte in ihrem Inneren, aber sie wollte sich nichts anmerken lassen, sie riss sich zusammen, um nicht genüsslich die Augen halb zu schließen.

»Dabei ist er kein Fischer … Du hattest mir doch gesagt, glaube ich, du würdest nur einen Fischer heiraten …«

Er war fünfunddreißig Jahre alt! Er war ein Mann! Gewöhnlich schnitt er auf, er hielt sich für stärker und schlauer als alle anderen! Er besaß ein großes Café in Cherbourg, ein Kino, ein Schiff, ein Auto, das vor der Tür auf ihn wartete …

Und jetzt stand er da, etwas zu rot im Gesicht, und wusste nicht, wie er es anstellen sollte, sie über einen Bengel auszufragen! Er lachte höhnisch. Er fragte scheinheilig: »Nimmst du mich als Trauzeugen?«

Sie nutzte die Gelegenheit, um das Thema zu wechseln.

»Ich habe Sie schon einmal gebeten, mich nicht zu duzen.«

»Und er? Redet er in der dritten Person mit dir?«

Sie versetzte: »Das geht Sie nichts an!«

Seine Stirn wurde hochrot. Er nahm sich mühsam zusammen. Aber er knurrte doch: »Hören Sie mal, Kleines …«

»Ich bin nicht Ihr Kleines.«

»Sie könnten wenigstens höflich zu den Gästen sein …«

»Die Gäste brauchen ihre Nase nicht in die Angelegenheiten des Personals zu stecken …«

Dorchain blickte auf und schaute verdattert zwischen ihnen hin und her, er fragte sich, ob sie aufeinander losgehen würden wie Hund und Katz. Doch die Marie hatte sich vorsichtig der Tür zum Café genähert. Ihre Stimme war wieder gleichgültig, als sie fragte: »Sonst brauchen Sie nichts mehr?«

Chatelard mied den Blick seines Kumpanen, dessen Ironie er ahnte, und ging brummend hinaus: »Bis morgen! Oder ein andermal … Ich weiß noch nicht, wann ich wiederkomme.«

»Und was mache ich mit dem Spill?«

Er antwortete nicht, zuckte mit den Achseln und zog seinen Überzieher an. Der Vater Viau stand im Raum, einigermaßen betrunken und sehr angeregt, zumal die anderen einen Kreis um ihn bildeten.

Chatelard blieb stehen, ohne rechten Grund, um sich zu rächen, um wenigstens irgendjemanden herauszufordern. Er wartete, hoffte darauf, dass dem Fischereikapitän ein unvorsichtiges Wort entführe, oder eine Geste. Da jedoch nichts dergleichen geschah, blickte er ihm so unverschämt in die Augen, dass alle glaubten, es käme zu einer Prügelei. Selbst die Marie, die sich schon anschickte, die Flaschen auf dem Tresen einzusammeln.

Doch Viau knickte ein. Seine schwere Gestalt wankte. In seinen Augen zogen undefinierbare Gefühle vorüber, und schließlich hob er die Hand zu seinem Gesicht, zu seiner Mütze, eine schüchterne, verschämte Geste, die als eine Art Gruß durchgehen konnte.

Chatelard gab sich mit dieser Genugtuung zufrieden, fixierte die Fischer einen nach dem anderen, wie um ein Zeichen zu setzen, um sie aufzufordern, diese Kapitulation zu verzeichnen. Er spürte, dass sie angespannt, missmutig, aber zu zögerlich waren, um zu handeln.

»Tschüs allerseits …!«, rief er in die Runde und ging zur Tür.

Die Marie befand sich auf seinem Weg. Er klopfte ihr im Vorbeigehen auf den Schenkel, mit voller Absicht, denn er wusste, dass sie keine Zeit hätte zu reagieren, da er im nächsten Augenblick schon draußen sein und seinen Wagen anlassen würde.

Er hatte sich nicht die Mühe gemacht, die Tür hinter sich zu schließen. Es war der nächststehende Gast, der sie mit dem Fuß wieder zustieß, heftig, um sich seinerseits abzureagieren.

Viau starrte auf den grauen Holzboden und brummte zwischen den Zähnen: »… dem wird die Aufschneiderei schon noch vergehen …«

Man hörte den Motor angehen, dann das Knarzen der Kupplung. Die Marie stand da, ein Geschirrtuch in der Hand, inmitten der Männer, wie um sie zu ermutigen, den kurzzeitig unterbrochenen Lauf des Lebens wieder aufzunehmen.

Im Hafen tutete ein Kutter, damit man ihm die Brücke öffnete. Es war die Vierge des Flots, die vor Dieppe Jakobsmuscheln fing.

᠅

Die Sache wurde nur bruchstückhaft bekannt. Die einen trugen ein Detail bei, die anderen wussten ein weiteres, und wenn man alles zusammenstückelte, blieb es doch nur eine Geschichte voller Löcher, so wie zwei Jahre zuvor, als ein englischer Kohlendampfer in Port hatte anlegen müssen und es gegen Mitternacht zu einer Prügelei gekommen war. Damals hatte sich zunächst alles wieder beruhigt. Die Gendarmen waren gekommen und wieder gegangen. Erst um zwei Uhr morgens hatte man in einer Gasse Lärm gehört und Paul gefunden, den Mechaniker der Émilie, der gerade eine Flasche über den Kopf gezogen bekommen hatte.

Im vorliegenden Fall war es nicht ganz so schlimm, aber das Gefühl, das blieb, was das gleiche, das Gefühl, das alle gewaltsamen, unvorhergesehenen Ereignisse hinterlassen; ein umso schmerzlicheres Gefühl, als man das Geschehene nicht versteht und der einzige Schuldige letztlich das Schicksal ist.

Man hatte sich weiter über Viau lustig gemacht. Vielleicht war das ein Fehler gewesen. Er war schon aufgebracht genug! Aber sobald Chatelard aus der Tür gewesen war, hatte man angefangen draufloszureden, wie man es eigentlich gern in seiner Gegenwart getan hätte.

Und was da alles geredet wurde! Dass er, nur weil er aus Cherbourg kam, meinte, sich alles erlauben zu können; dass er die Jeanne einzig und allein gekauft hatte, um sie zu verhöhnen, und dass er, weil er ein Mädchen aus Port als Geliebte hatte, glaubte, er könnte auch die anderen befummeln ...

Es wurde so viel geredet, dass man am Ende fast hätte meinen können, der alte Jules sei an Odiles Fehlverhalten gestorben, also wegen Chatelard!

Dorchain mochte keine Prügeleien und war an Bord zurückgekehrt, wo er allein schlief.

Konnte man ahnen, dass alles, was da geredet wurde, in Viaus Geist ein seltsames Gemisch ergeben würde?

Viele Jahre lang hatte er nicht mehr getrunken als andere, eher weniger. Man hatte ihm nie etwas vorwerfen können, ganz im Gegenteil! Er war ein Mann, der tat, was er konnte, und jederzeit bereit war, anderen zu helfen.

»Er hat sich verdient gemacht ...«

Das war das richtige Wort. Er verdiente Besseres als all diese Unglücksschläge, die über ihn hereinbrachen, und seit sein Schiff verkauft war, seit er sah, wie es im Hafen instand gesetzt wurde, wurde die Vorstellung eines böswilligen Schicksals für ihn zur fixen Idee.

»... ich sag euch, dass das nicht ewig so weitergehen wird ...«, brummte er an diesem Abend beharrlich weiter.

»Es ist bloß schwieriger, ihm die Ohren langzuziehen, als deinem Sohn ...«

So redeten sie daher, während sie tranken! Dann gingen vor dem Café alle auseinander, steifbeinig, die Körper warm unter den Tuchhemden. Die Schritte entfernten sich in verschiedene Richtungen. Manche blieben noch einen Moment stehen und schauten zu, wie das Wasser den Kanal entlangfloss.

Viau torkelte etwas. Er stierte von weitem auf ein Licht, das nur aus seinem Haus kommen konnte, und fragte sich, wer wohl um diese Uhrzeit noch wach war.

Um die Wahrheit zu sagen, dachte er nicht mehr an seinen Sohn; vielleicht hatte er vergessen, dass er ihn aus dem Café geworfen hatte.

Er blieb vor der verglasten Tür stehen, hinter der Licht brannte. Dann trat er ein. Und da sah er in der Küche etwas auf dem Boden liegen, und dieses Etwas war sein Sohn, in voller Länge hingestreckt.

Er gestand nie irgendjemandem, dass er in diesem Augenblick geglaubt hatte, er sei tot, und dass er, als er sich hinabbeugte, um ihn zu berühren, drauf und dran gewesen war, in Tränen auszubrechen.

Aber Marcel war nicht tot, nicht einmal verletzt! Er hatte sich dort hingelegt, weil er, als er das Haus betreten hatte, so unglücklich, so verzweifelt gewesen war, dass er keinen anderen Platz gefunden hatte, der seiner Gemütslage entsprochen hätte.

War er nicht der ärmste aller Menschen auf Erden! Er war nicht gut aussehend, nicht stark wie ein Chatelard. Nicht einmal seine Haare wollten sich frisieren lassen wie die der anderen!

Seine Mutter war tot! Seine Schwester war schwachsinnig! Sein Vater liebte ihn nicht, hatte er ihn doch soeben vor allen Leuten und vor der Marie gedemütigt!

Niemand liebte ihn, niemand konnte ihn lieben! Er war wie ein räudiger Hund, den keiner haben will, ein kranker Hund, der sich kläglich in eine Ecke verkriecht.

Deshalb lag er auf dem Boden: um sich in seinem Unglück, in seinen Tränen zu suhlen, um sich an seiner Verzweiflung zu berauschen!

Da er ganz in der Nähe des Ofens lag, in dem ein Rest Feuer brannte, glühten seine Wangen, und im Mund hatte er von den Tränen einen salzigen Geschmack.

»… Was machst du denn da?«

Er schlief zwar nicht, aber er war benommen. Er hatte seinen Vater heimkommen hören, ohne sich dessen wirklich bewusst zu werden. Er tat alles, um sich immer weiter in sein Unglück hineinzusteigern, und er war nicht böse darüber, wenigstens einen Menschen zu rühren, denn seine Schwester war von seinem Schluchzen nicht einmal aufgewacht.

»… Spinnst du jetzt vollends?«

Er wandte seinem Vater ein verschwollenes Gesicht zu, die Augen glänzend, der Mund kirschrot.

»… Wirst du wohl aufstehen?«

Zu diesem Zeitpunkt irrten noch zwei oder drei Gäste des Cafés durch die Straßen. Die Marie war in ihre Dachkammer hinaufgegangen und begann sich auszuziehen, ohne an Marcel zu denken. Sie musste sich im Dunkeln ausziehen, weil sie am Abend zuvor den Wirt im Flur gehört hatte, wo er wohl sein Auge ans Schlüsselloch drückte.

Sie legte sich ins Bett. Die Laken waren eiskalt. Sie hörte Türen schlagen und das ferne Rasseln einer Kette.

Viau und sein Sohn hatten ihr Bett im gleichen Zimmer, neben der Küche. Viau war müde, er stand neben der Tür und brummte: »Geh ins Bett!«

Und Marcel antwortete dummerweise: »Ich will nicht schlafen …«

»Geh ins Bett, sag ich dir …«

»Ich will nicht schlafen …«

Da schien es Viau wieder einzufallen, dass sein Sohn ja im Café gewesen war. Weiß Gott, wie er auf die Idee kam, jedenfalls lallte er mit argwöhnischem Blick: »Du bist doch nicht etwa betrunken?«

Der Junge zuckte mit den Schultern. Der Vater ließ nicht locker.

»Lass mich deinen Atem riechen …«

»Nein!«

»Siehst du wohl, dass du betrunken bist!«

»*Du* bist betrunken …«

»Wie …? Was hast du gesagt …?«

Er musste drohend gewirkt oder eine Geste angedeutet haben, die der Junge zu tragisch nahm. Man konnte es nicht wissen, man würde es nie erfahren, denn später waren sie einer wie der andere nicht mehr in der Lage, Ordnung in ihre Erinnerungen zu bringen.

Bei dem einen war es das Fieber des Weins, beim anderen das Fieber der Liebe oder des Heranwachsens. Die Küche war eng, vollgestellt mit ihren vertrauten Möbeln und Gegenständen, von denen manche seit fünfzehn Jahren am selben Platz standen.

»Sag das noch mal, dass …«

»Ich sage dir, dass du betrunken bist … Du bist ein Unmensch …! Ein Feigling …! Jawohl, ein Feigling …!«

Er schrie und weinte. Seine Schwester drehte sich in ihrem Bett um, ohne ganz aufzuwachen, da sie nichts hörte.

»Verfluchter Rotzbengel …! Dir werd ich's zeigen …«

*

Ein Fenster ging auf, dann noch eins. Aus Viaus Küche drang der Lärm von zerbrechenden Gegenständen, man wusste nicht genau, was. Durch die offene Tür fiel ein helles Rechteck auf den Gehsteig.

Die einen sagten, sie hätten sich geschlagen; die anderen behaupteten, dass Viau, wenn er wütend war, mit Bedacht die Gegenstände aussuchte, die er zerschlagen wollte, um sich abzureagieren.

Schließlich hörte man: »… Ich warne dich, wenn du durch diese Tür gehst, setzt du nie wieder einen Fuß hier herein … Du hast die Wahl …«

Man wollte sich nicht einmischen. Dafür war es noch nicht ernst genug. Man fragte sich, ob der Junge herauskommen würde. Man vernahm etwas wie ein Aufschluchzen, oder vielmehr eine dumpfe Klage.

»Du hast mich verstanden … Wenn deine arme Mutter noch am Leben wäre …«

*

Am Morgen regnete es, die Frauen drückten sich gegen die Türen, und manche, die einkaufen gingen, zogen sich den Mantel über den Kopf wie die Marie am Abend vorher.

Die Tür der Viaus war geschlossen. Man hörte keinen Laut von drinnen, und aus dem Schornstein stieg kein Rauch auf.

Es war ein sanfter, erfrischender Regen, so fein, dass man ihn kaum spürte, dass keine Tropfen fielen, dass er vielmehr die Landschaft, die Menschen, die Gegenstände mit einer Aura von Feuchtigkeit umgab. Es war, als bewege sich die Luft sanft und lautlos.

»... Und da ist der Junge plötzlich herausgerannt gekommen ... Er ist ein paar Schritte den Gehsteig entlanggelaufen, dann ist er stehen geblieben ... Ich dachte, sein Vater würde an die Tür kommen und ihn zurückrufen ... Marcel wollte sicher nicht weglaufen ... Vielleicht ist er nur herausgekommen, weil er Angst hatte ...?«

Man sagte diese Dinge traurig, den Blick auf die inmitten von Fischresten im Schlick liegenden Schiffe gerichtet.

»Mein Mann hat nicht gewollt, dass ich hinuntergehe ... Es fing an zu regnen ...«

Die Alten standen trotz des Regens an ihrem Platz, am steinernen Geländer bei der Drehbrücke, und auch sie redeten über Viau.

»... war er denn so schlimm betrunken?«

»... kann man nicht sagen ...«

»... wo ist er wohl hin ...?«

Der Junge war hinausgelaufen, war auf dem Gehsteig

stehen geblieben, in der Hoffnung, man würde ihn zurückholen, so wie er ein paar Stunden früher beim Café de la Marine gehofft hatte, dass die Marie ihn trösten käme.

Sah er seinen Vater durch die offene Tür? Sah er die Nachbarn im Nachthemd an ihren Fenstern? Weinte er? Manche bejahten dies. Alle behaupteten, er sei ganz blass gewesen – als sähe man im Dunkeln nicht zwangsläufig blass aus!

Man fragte sich, was Viau im Haus wohl tat.

Alles, was man wusste, war, dass die Tür irgendwann zugestoßen worden war, wie mit einem Fußtritt, und sich krachend geschlossen hatte.

Die Zeitungshändlerin, die zwei Häuser weiter wohnte, hatte zaghaft gerufen: »Marcel! Pssstt … Marcel!«

Marcel hatte es sicher gehört, aber er hatte sich nicht umgedreht. Er war losgegangen, in die Stadt hinein, dahin, wo sich die Straßen nach Bayeux, Grandcamp und Arromanches begegnen.

Die Zeitungshändlerin hatte noch zu ihrem Mann gesagt und sagte es jetzt allen Leuten: »Man sollte ihn holen gehen … Wer weiß, wozu er in der Lage ist? Morgen wird sein Vater nicht einmal mehr daran denken …«

Aber ihr Mann hatte geantwortet: »Man mischt sich besser nicht in fremde Angelegenheiten ein!«

Auf dem Fischmarkt ging das Leben weiter wie an jedem anderen Tag, denn die Fischgroßhändler der Gegend hatten keine Zeit, sich über Viaus Sohn den Kopf zu zerbrechen.

Aber den Leuten aus der Stadt lag es schwer im Magen.

Es war nicht so tragisch wie die Geschichte mit der Flasche auf dem Kopf. Obwohl! Wer weiß? Der Matrose hatte nur eine Platzwunde davongetragen, und die hatte ihn nicht daran gehindert, noch im selben Jahr zu heiraten!

Konnte man denn wissen, was ein Junge wie Marcel nun tun würde, dessen Schwester schon nicht war wie die anderen, was sicher in der Familie lag?

Der Regenschleier wurde dichter, doch noch immer waren keine Tropfen sichtbar. Die Klippen rechts und links des Hafens waren große graue Wände, auf denen wie eine Krankheit gelbliches Grün wuchs, und in der Ferne war ein spitzer Kirchturm zu erkennen. Der Wind hatte sich gelegt. Die Luft stand still. Und das Meer zog sich zurück, dunkel und trüb, sein Saum kaum erkennbar.

Die Luft roch nach Fisch, wie immer um diese Zeit. Auf dem Pflaster neben dem Brunnen lagen Rochen ausgebreitet, mit blutigen Wunden und fahler Leichenhaut. Die Lieferwagen standen bis zum Ende des Kais aufgereiht. Frauen in Holzschuhen trugen Körbe mit Fischen und Meeresfrüchten.

»… Er wird bereuen, was er getan hat … Haben nicht mal Familie in der Gegend …«

Unwillkürlich suchte man den Jungen in allen Ecken und Winkeln. Man sagte sich, er könne nicht weit gekommen sein. Man hatte Angst, ihn später im Schlick des Hafenbeckens wiederzufinden.

Die Marie, die seit sechs Uhr morgens auf den Beinen war, servierte den Fischhändlerinnen ihren Imbiss und hörte sie über die Fischpreise diskutieren, während die Leute aus dem Ort, die um den Eingang des Cafés herumstanden, über nichts anderes als den Sohn von Viau redeten.

Man konnte nicht wissen, was sie dachte. Man hatte es nie gewusst, und das war auch der Grund, weshalb man sie zu Hause die Geheimniskrämerin nannte.

Sie war blass, aber das war bei ihr nichts Besonderes. Wortlos bediente sie Dorchain, der zum Frühstücken kam, nachdem er die Handwerker an Bord der Jeanne an die Arbeit gesetzt hatte.

Sie unterbrach jedoch ihre Arbeit, das Tablett in der Hand, als gegen neun Uhr Viau auftauchte, in schwarzen Holzschuhen, seine Seemannsmütze auf dem Kopf, gekleidet wie ein Mann, der aufs Meer fährt.

Kurz zuvor hatte man seine Tür aufgehen sehen. Er hatte die Nachbarinnen nicht gegrüßt. Er war losgegangen, ohne nach rechts und links zu schauen. Und so weiter bis zur Drehbrücke, wo die anderen waren, alle Fischer von Port, die gerade nicht auf See waren.

»Morgen …!«, sagte er zu ihnen wie jeden Tag.

Doch sein Schnurrbart bebte. Er fixierte sie einen nach dem anderen, als flehe er sie an, nichts zu sagen, nicht dreinzublicken, als wüssten sie Bescheid, ihn nicht anzuschauen, wie sie es taten.

Dann machte er plötzlich kehrt und ging ins Café, stellte sich an den Tresen, hinter dem die Marie gerade vorbeigelaufen war.

»… Kaffee …«, stieß er mit kehliger Stimme hervor.

Vielleicht erwartete er, als er zu ihr aufblickte, in ihren

67

Augen Mitleid, Verständnis, etwas Sympathie zu finden, so als gehöre sie ein bisschen zur Familie.

Aber genau in diesem Augenblick schaute sie zum Kai hinüber, wo man ein Auto anhalten hörte, und hielt kurz inne, während sie ihn bediente. Die Wagentür ging auf und wurde wieder zugeschlagen.

Es war Chatelard, der zwei Stunden früher als sonst ankam, mit dem gereizten Ausdruck eines Mannes, der schlecht geschlafen hat.

4

Es steigerte sich nicht zum richtigen Drama, aber das Ereignis färbte in seiner Kläglichkeit doch auf den ganzen Tag ab.

Die Leute liefen nicht zusammen, und die Gendarmen wussten offiziell von nichts. Als der Vater Viau aus dem Café de la Marine heraustrat, hielt er sich betont aufrecht und ging sein Brot und sein Fleisch einkaufen, wie er es immer tat, wenn er aufs Meer hinausfuhr.

Am frühen Morgen hatten ein paar Alte angesichts des tief verhangenen Himmels gemeint: »Sieht fast nach Schnee aus …«

Um zehn Uhr wusste man Bescheid. Die eisigen Tröpfchen, die in der Luft hingen, wurden noch feiner, noch dichter. Vom Vorhafen her sah es aus, als strömten Rauchschwaden von der offenen See heran und als löschten sie zuerst die Molen, dann die Klippen aus; eine halbe Stunde später bewegten sich alle in dem zögernden Schritt vorwärts, mit dem man sich bei dichtem Nebel vorantastet.

Die Sœur-Thérèse lief trotzdem aus. Man hörte das Quietschen der Drehbrücke von weiter her als sonst, und die zum Abschied versammelten Frauen bildeten eine schemenhafte Gruppe, von der jeweils nur ein Detail hervortrat, wenn man sich näherte, ein Umschlagtuch, ein roter Haarschopf, ein Kind auf einem Arm, eine blaue Tuchschürze …

Viau war an Bord. Er hatte ausfahren wollen, ohne seinen Sohn auch nur zu erwähnen, aber als das Schiff den Kanal verließ, schaute er doch unwillkürlich zu den Klippen hinüber.

Für Port-en-Bessin war es einfach nur ein Bengel, den sein Vater eines Nachts im Rausch aus dem Haus geworfen hatte. Man kannte Marcel nicht gut und warf sich nun plötzlich vor, dass man ihn nie weiter beachtet hatte.

In den Geschäften, auf den Gehsteigen wurde ohne größeren Eifer über ihn geredet.

»… Hatte er wenigstens etwas Geld in der Tasche?«

»Woher hätte er das nehmen sollen, es ist ja keins im Haus …?«

Und man tat dasselbe wie Viau: Man warf verstohlene Blicke zu den Klippen hinüber. Wusste man denn, ob der Junge nicht in der Lage war, Dummheiten zu machen? Man hatte ihn in den Straßen groß werden sehen wie die anderen, und keinem war es eingefallen, sich ihn näher anzuschauen.

Natürlich war niemand verantwortlich! Man hatte nichts verbrochen! Aber es handelte sich doch um ein Kind, und die Erwachsenen verspürten undeutlich etwas wie Schuldgefühle.

*

70

Als er nichtsahnend angekommen war, hatte Chatelard der Marie zugerufen wie eine Drohung: »Mit dir habe ich nachher zu reden!«

Sie hatte nicht mit der Wimper gezuckt. Sie sah, dass er schlecht geschlafen hatte, und sein Auftreten ließ erkennen, dass er Vorsätze gefasst hatte. Statt seines Stadtanzugs trug er eine Mischung aus Fischerkleidung und Jägerkostüm, Stiefel, kein Hemdkragen, schäbige Strickjacke und ausgebleichte Mütze.

Bedeutete das nicht, dass er es satthatte, auf seinem Schiff untätig zu bleiben und den ganzen Tag im Café de la Marine um ein junges Ding herumzustreichen? Er würde mit seinen Händen arbeiten! Er würde sich schmutzig machen!

Die Marie konnte ein Lächeln nicht unterdrücken, während er sich neben Dorchain setzte, der beim Frühstücken war. Sie begriff, dass der Schulmeister von Marcel sprach, und sah, dass Chatelard sich beeindrucken ließ wie die anderen.

Der Beweis war, dass den ganzen Tag nicht mehr von dem angekündigten Gespräch mit der Marie die Rede war. Chatelard tat wirklich, was er sich vorgenommen hatte. Die Jeanne war ins Trockendock ganz hinten im Hafen gebracht worden. Das Wasser hatte sich zurückgezogen, und das Schiff lag nun über großen, grün bemoosten Steinplatten auf dem Trockenen. Kleine Gestalten arbeiteten unter dem Kiel, und auf dem Ofen kochte Pech in einem Kessel und verströmte einen männlichen Teergeruch.

Der Nebel war nicht dicht genug, um jede Arbeit zu

verhindern oder um die Sirene des Hafens zu betätigen. Es war auch nicht sehr kalt. Es war ein dumpfes, trübes Wetter, die Feuchtigkeit war unangenehm und durchdringend – ein Wetter, das die Tage endlos erscheinen lässt und bei dem man sich gern an lästige Arbeiten macht, die man auf die lange Bank geschoben hat.

So war es für Chatelard, der zupackte wie ein Arbeiter. Wie die anderen tauchte er seinen an einem langen Stock befestigten Pinsel in das Pech, rannte dann, damit die Flüssigkeit nicht erstarrte, zum Schiffsrumpf und bestrich ihn damit.

Und dieser Rumpf, von dem man jedes Mal nur zehn Quadratzentimeter schwärzen konnte, wuchs für ihn zu einem Berg an.

An Deck hämmerten Zimmerleute. Mechaniker überholten den Motor.

Chatelard hielt eine ganze Weile durch, doch als am Bug ein doppeltes gelbes Dreieck aufgemalt werden sollte, zog er diese Aufgabe vor und überließ das Teeren seinen Gefährten.

Beim Mittagessen war er schmutzig und abgespannt. Er stützte beim Essen die Ellbogen auf den Tisch und sah die Marie an, als gebe er ihr die Schuld an allem, an dieser dummen Geschichte mit Marcel, am Nebel, an der langweiligen Plackerei, die er jetzt bis zum Ende durchhalten musste.

Man würde an diesem Tag nicht fertig werden, denn das Wasser stieg, und man hatte vom Rumpf ablassen müssen, um an Deck weiterzuarbeiten. Andere Fischer im Hafenbecken arbeiteten an ihrer Schaluppe. Hin und wieder warfen sie einen kritischen Blick zur Jeanne hinüber, um zu sehen, was mit ihr gemacht wurde, und natürlich stießen sie sich an dem Gelb, das Chatelard anstelle des früheren Himmelblaus für den Vordersteven gewählt hatte, wie sie sich an jeder Änderung gestoßen hätten, einfach weil sie von einem Fremden stammte.

Es war ein Tag für Streitigkeiten, und diese blieben nicht aus. Wegen einer Bagatelle fuhr Chatelard den Schulmeister an, und dieser war dann auch noch beleidigt. Ein Zimmermann stieß einen Topf Farbe um, und die Lötlampe fiel in den Schlick, aus dem man sie wieder herausholen musste.

Die Blicke von Marie und Chatelard waren sich wohl begegnet, aber nicht ganz so wie sonst. Heute war es die Marie, die zu fragen schien: »Was haben Sie denn?«

Und er antwortete verdrossen etwas wie: »Du wirst schon sehen, es ist noch nicht alles gelaufen! Du kennst mich noch nicht, Kleine … Du hast wohl gedacht, du könntest immer weiter mit mir spielen. Warte nur ab, bis ich dir mein wahres Gesicht zeige …«

Er brachte diese Gefühle mit einer derartigen Verbissenheit zum Ausdruck, dass Marie unwillkürlich lachen musste, als sie zurück in die Küche ging, sie lachte und schaute sich dabei zufrieden im Spiegel an!

Obendrein war er wirklich auf eine lächerliche Art schmutzig! Die anderen waren auch mit Farbe bekleckst, hatten bis zu den Waden mit Schlick beschmierte Stiefel. Aber bei ihm waren die Flecken so verteilt, dass es komisch wirkte!

Am Nachmittag hörte die Marie Leute auf dem Gehsteig, die bestimmt über Marcel redeten, auch wenn sein Name nicht genannt wurde. Sie trat ganz beiläufig auf die Schwelle hinaus, aber da waren sie schon fertig mit dem Thema, und so begnügte sie sich mit einem Blick auf die Jeanne.

Chatelard hörte ebenfalls Gerüchte. Es hieß, eine Frau habe einer anderen erzählt, sie habe den Jungen ganz in der Nähe des Friedhofs getroffen, das heißt am Stadtrand.

Wozu sich damit beschäftigen?

Als es dunkel wurde, erwog Chatelard, nach Cherbourg zurückzufahren, ohne im Café de la Marine vorbeizuschauen, oder zumindest tat er so, als würde er es erwägen, aber er wusste, dass er letztlich doch hineingehen würde, grimmig, mit stampfenden Stiefeln und einem Blick in den Spiegel, um sich zu vergewissern, dass er auch ordentlich schmutzig war.

»Du da, bring mir meinen Aperitif!«

Er sagte das in bösem Ton, schaute zu, wie die schmale Gestalt der Marie sich zwischen den Tischen durchschlängelte, wütend, ihr Gesicht so ruhig zu sehen und sie mit einer Ungezwungenheit, die eine Art Ironie war, fragen zu hören: »Mit Selterswasser?«

Dorchain, der immer noch schmollte, war nicht mitgekommen, um seinen Aperitif mit ihm zu trinken, sondern war den Arbeitern in ein anderes Café gefolgt. Das war so dämlich wie alles Übrige. So dämlich wie die Frage des Wirts: »Fahren Sie bei dem Nebel trotzdem nach Cherbourg zurück?«

Sollte er vielleicht hier schlafen? Er zahlte, stieg in seinen Wagen und fuhr los. Die Marie kam nicht, um ihm nachzuschauen, sie näherte sich nicht einmal den Vorhängen. Die Schweinwerfer gaben ein schwaches gelbes Licht, das gerade mal zwei verschwommene Kreise auf das nasse Pflaster zeichnete. Genau in diesem Moment heulte die Sirene los, als wolle sie die ganze Nacht nicht wieder aufhören.

Hätte Chatelard sagen können, warum er mit weniger als dreißig Stundenkilometern aus Port hinausfuhr? Es war ihm nicht bewusst. Er hörte auf ein Geräusch im Motor, das ihm nicht gefiel, fragte sich, ob er bis zum Ende der Fahrt Licht haben würde, und diese kleinen Sorgen, die zu einem Haufen anderer Sorgen hinzukamen, machten ihn trotz seiner Einsamkeit rasend.

Er begegnete einem Kipplader, der in die Stadt zurückfuhr. Dann endete eine Mauer, die entlang der Straße verlief, und er begann gerade, zwischen zwei Feldern hindurchzufahren, als er instinktiv scharf bremste.

Etwas war gegen die Windschutzscheibe geprallt. Eine Zehntelsekunde lang hatte er glauben können, es sei ein Steinchen gewesen, doch er sah bereits, dass in der Scheibe ein kleines rundes Loch war, sternförmig umgeben von feinen Rissen, und da begriff er, dass eine Kugel hindurchgeschlagen war.

Ohne zu zögern, öffnete er die Tür. Er war unbewaffnet. Daran dachte er jedoch nicht. Mit zusammengepresstem Kiefer und geballten Fäusten blickte er um sich und versuchte im dichten Nebel eine menschliche Gestalt auszumachen.

»Schweinerei …!«, stieß er hervor.

Und plötzlich machte er einen Satz, denn er hatte gehört, oder vielmehr gespürt, dass sich ganz in der Nähe etwas rührte. Er traf auf ein menschliches Wesen. Der Schwung ließ ihn mit dem Mann zu Boden rollen, und er wiederholte vier- oder fünfmal »Schweinerei«, während er mit aller Kraft auf ihn einschlug und unter ihm ein gedämpftes Stöhnen hörbar wurde.

Er dachte nicht mehr an die Kugel, merkte nicht einmal, dass er seinen Angreifer schlug, ohne sich auch nur zu fragen, wer dieser war! Er rächte sich einfach, an allem und nichts, nicht nur an diesem Tag, der einen faden Nachgeschmack hinterlassen hatte, sondern auch an den vergangenen, an der lächerlichen Szene am Abend zuvor, als eine kleine Göre es geschafft hatte, ihn außer sich zu bringen und ihn, um die Sache beim Namen zu nennen, seiner Manneswürde zu berauben.

Irgendwann hatte seine Hand eine andere Hand zu fassen bekommen, die einen Revolver hielt, und da hatte Chatelard begonnen, sie zu verdrehen, ohne nachzudenken, mit aller Kraft, als wolle er eine Eisenstange verbiegen.

Er hörte – er hörte es ganz sicher – ein Knacken, das unangenehme Krachen von brechenden Knochen, dann einen kaum vernehmbaren Klagelaut, etwas wie ein »Oh …!«.

Dann nichts mehr. Es war plötzlich alles schlaff. Unter ihm nur noch schlaffe Glieder, in seinen Händen, seinen Armen. Er hörte auf zu schlagen, zu quetschen. Er wich zurück, schöpfte Atem und fragte sich, ob er seinen Gegner nicht etwa umgebracht hatte.

Es war ein seltsames Gefühl. Die nächsten Lichter von Port waren keinen Kilometer entfernt, doch man sah sie nicht. Man hörte nur den gedämpften Ton der Sirene. Ein Auto näherte sich, bremste vor Chatelards Wagen ab, rammte ihn beinahe, und eine Stimme mit starkem normannischem Akzent schrie: »Können Sie nicht an die Seite fahren, Sie Trottel?«

Er ließ das Auto davonfahren, suchte in seiner Tasche nach Streichhölzern. Als die Flamme das bleiche Gesicht eines Jugendlichen beleuchtete, war er nicht weiter erstaunt, auch wenn er während des Kampfes nicht darüber nachgedacht hatte, wer sein Angreifer war.

Es war Marcel! *Das* war dem Jungen also eingefallen! Chatelard kam nicht auf die Idee, den ins Gras gefallenen Revolver aufzuheben, einen großen Ordonnanzrevolver, den Viau aus dem Krieg mitgebracht hatte.

Chatelard schüttelte den jungen Mann, der reglos dalag. Er murmelte: »Hallo …! Sagen Sie doch was, zum Teufel! Bewegen Sie sich …«

Er geriet nicht in Panik, denn er wusste, er hatte ihm weder den Hals zugedrückt noch gegen die Brust geschlagen, aber er war doch beunruhigt, und es war ein unheimliches Gefühl, als er einen Arm anheben wollte und dieser sich in die falsche Richtung bog.

Da zögerte er nicht und lud sich den Körper über die Schulter, legte ihn auf die Polster seines Wagens und setzte sich wieder ans Steuer.

Hätte ihn jemand gefragt, was er vorhabe, hätte er keine Antwort gewusst. Er fuhr drauflos. Er ließ Bayeux hinter sich. Hin und wieder streckte er die Hand nach dem Jungen aus, berührte ihn und fand ihn weiter schlaff.

Er war schon weit weg, vielleicht fuhr er schon eine halbe Stunde, als er meinte, einen regelmäßigeren Atem zu vernehmen, dann ein Aufstöhnen.

»Halt still dahinten!«, befahl er.

Es regte sich. Er konnte den Verletzten nicht sehen. Er überschlug, dass er bis Cherbourg noch etwa zwanzig Minuten bräuchte, und gab Vollgas.

»Das war schlau, wie? Das hast du jetzt davon! Und was meinst du wohl, was ich nun machen soll ...?«

Er redete laut vor sich hin.

»Ganz abgesehen davon, dass du, wenn du mich nicht verfehlt hättest, erst recht in der Patsche sitzen würdest ... Das alles wegen einer Rotzgöre, die nicht mal intelligent ist!«

Hinter ihm stöhnte es in regelmäßigen Abständen leise. Bisweilen ertönte ein etwas lauterer, etwas längerer Klagelaut, und schließlich murmelte eine Stimme: »Es tut weh!«

»Geschieht dir ganz recht! Das wird dir eine Lehre sein ... Was soll ich denn jetzt der Polizei erzählen?«

Er erwartete keine Antwort, schnitt die Kurven, wich haarscharf einem Lastwagen aus, dessen Rücklichter er nicht gesehen hatte.

Als er den Wagen in Cherbourg auf dem Kai zum Halten brachte, gegenüber dem Café, hatte er sich beruhigt und seine Aufmachung ganz vergessen, das Pech, mit dem er beschmiert war, die gelbe Farbe.

»Rühr dich nicht vom Fleck, kleiner Dummkopf ...«

78

Er rannte zum Tresen, rief nach seinem Pächter und einem der Kellner.

»Ist Odile da?«

»Sie muss oben sein ...«

»Helft mir, ihr beiden ...«

Niemand beachtete sie. Sie gingen durch die Hintertür und stiegen die unbeleuchtete Treppe hinauf, die direkt in Chatelards Wohnung führte. Als dieser die Tür öffnete, erblickte er Odile gegenüber eine dicke Frau mit fettigem Haar, die Karten auf dem Tisch ausgebreitet hatte.

»Was macht die denn schon wieder hier?«, schrie er.

Und er stieß mit einem Fußtritt die Tür zu seinem Zimmer auf. Er verabscheute diese Frauen, die Karten legten, und besonders diese fettglänzende Syrerin, die Odile jede Woche besuchte.

»Raus hier! Jawohl! Seht ihr nicht, dass wir anderes zu tun haben?«

»Hast du einen Unfall gehabt, Chatelard? Wer ist das ...?«

»Halt die Klappe ... Geh mir den Doktor Benoît holen ... Du sollst ihn holen, hab ich gesagt, nicht nach ihm telefonieren ... Wirst du wohl gehen? Ihr anderen könnt wieder hinunter. Ich komme nach ... Übrigens, sind die Plakate gebracht worden?«

Er war aus einem Halbdunkel ins nächste getreten, denn in sein Zimmer fiel wenig Licht, und Odile hatte die Lampe wieder einmal mit orangeroter Seide verhängt, einem Tuch mit Holzperlen an den vier Enden.

»Richte dich auf, dass ich dir die Jacke ausziehen kann ... Richte dich auf, Dummkopf.«

Ihm graute vor dem verschreckten Blick, mit dem der Junge ihn anstarrte, und mehr noch vor seinem mit Matsch und Blut verschmierten Gesicht.

Denn da war Blut. Chatelard wusste nicht, woher es kam. Dieses Blut genügte, um Marcels Physiognomie zu verändern, er sah jetzt wirklich aus wie ein Opfer und hatte den verstörten Blick der Menschen, die bei Katastrophen geborgen werden.

»Kannst du nicht sprechen?«

»Es tut weh ... «

»Umso besser! Das wird dir eine Lehre sein.«

»Was werden Sie tun?«

Er zuckte mit den Schultern. Die meisten Leute sind Kinder gewohnt, weil sie Brüder oder Cousins haben oder Vater sind. Doch Chatelard hatte nie in einer Familie gelebt oder mit Jugendlichen verkehrt. Er schaute Marcel verständnislos an und murmelte weiter: »Du bist mir wirklich ein Schlaumeier ... Ist es dieser Arm da?«

Der Junge schrie auf. Bei Gott! Sein Arm war gebrochen, und zwar gründlich. Hatte Chatelard nicht daran gezerrt wie an einem Gefängnisgitter? Hatte er den Knochen nicht krachen hören?

»Da bist du ja ...«, sagte er zu dem eintreffenden Arzt, der ein Freund von ihm war. »Komm herein. Mach die Tür zu. Du kannst auch kommen, Odile ... Aber tu mir den Gefallen und sei still, und schau nicht so tragisch drein.«

Odile stammelte verschüchtert: »Was soll ich tun?«

»Vorerst gar nichts ... Komm näher, Benoît. Das ist ein dummer Bengel, der mir Ärger machen wollte ...

Wie auch immer. Ich musste ihn überwältigen, und da habe ich ihm wohl irgendwas gebrochen … Wenn möglich, wäre es besser, wenn es sich nicht herumsprechen würde, vor allem seinetwegen. Verstehst du?«

»Das ist ja der kleine Viau!«, entfuhr es Odile, die den Verletzten endlich erkannte.

Der Satz war banal. Doch sie hatte ihn so seltsam ausgesprochen, mit diesem Wort Viau, das in ihrer Mundart klang wie Veau, Kalb, dass der Arzt die junge Frau verblüfft ansah und Chatelard ein nervöses Lachen nicht unterdrücken konnte.

»Der kleine Viau, das kleine Kalb, genau!«, knüpfte er an. »Ich wusste ja, dass du nur den Mund aufzumachen brauchst, um Unsinn von dir zu geben …«

Daraufhin begann er auf und ab zu gehen, denn er wollte lieber nicht sehen, was geschah. Hin und wieder zog er die Samtvorhänge am Fenster einen Spaltbreit auf und sah das orangegelbe Licht seines Aushängeschilds.

Der Junge stöhnte weiter und stieß unartikulierte Schreie aus, während Odile ihm mit einer Litanei von sinnlosen Satzfetzen Mut zusprach.

Um sich die Zeit zu vertreiben, hob Chatelard den Telefonhörer ab und verlangte das Kino.

»Hallo …! Ja, ich bin es … Wie viele Eintritte? Nicht eben viele … Ja, ich komme gleich runter.«

Benoît trat bekümmert auf ihn zu.

»Ein doppelter Armbruch … Gar nicht schön … Wenn du ihn nicht ins Krankenhaus schicken willst, komme ich besser mit einem Chirurgen wieder …«

»Kennst du einen?«

Benoît zuckte mit den Schultern.

»Dann tu, was du für nötig hältst … Ich erklär dir die Sache heute Abend. Odile wird dir alles geben, was du brauchst.«

Er hatte gerade erst, als sein Blick auf sein Bild im Schrankspiegel gefallen war, bemerkt, wie er aussah. Er begann sich auszuziehen, wusch sich mit viel Wasser und spritzte dabei wie üblich das halbe Zimmer voll.

Er suchte einen dunkelblauen Anzug und eine schwarze Krawatte aus. Mechanisch steckte er sich eine Perlnadel an, recht zufrieden, wieder sauber und gekämmt zu sein.

»Hast du verstanden?«, fragte er schließlich, indem er an das Bett herantrat, in dem der verängstigte Marcel sich allmählich von seinem Schreck erholte.

Der Junge wandte den Blick ab, und Odile hielt es für nötig, ein flehendes Gesicht aufzusetzen, vielleicht im Glauben, dass Chatelard erneut wütend werden würde.

»Ich habe nicht die geringste Lust, unsere Geschichte der Polizei zu erzählen, zumal sie nicht besonders rühmlich ist … Wir werden deinen Arm reparieren, und danach kannst du dich zum Teufel scheren …«

Odile, die einfach den Mund nicht halten konnte, murmelte mitleidig: »Er weint!«

»Dann lass ihn weinen!«

Woraufhin er hinausging, um sich in die vertraute Atmosphäre seines Cafés zurückzuziehen, wo fast an jedem Tisch Bekannte saßen.

Doch es war wirklich nicht sein Tag, denn auch hier erlebte er eine Ernüchterung. Gewöhnlich verschaffte es ihm ein gewisses Vergnügen, ein fast körperliches Wohlbehagen, sich sauber, glatt rasiert, elegant gekleidet zu fühlen und Hände zu schütteln, sich einen Moment zu diesem oder jenem Gast zu setzen, bei einer Belote- oder Würfelpokerrunde den Schiedsrichter zu spielen, mit jedem über seine laufenden Angelegenheiten zu reden.

Das Café war, wie das Kino – vor allem freitags, wenn die Stammgäste kamen – sein Reich, er schwang darin das Zepter, ohne dass seine Überlegenheit je in Frage gestellt wurde.

Von allen Seiten warfen ihm Spiegel sein herablassendes Lächeln, seine lässige Haltung zurück. Es kamen Leute, um ihm Nachrichten zu überbringen, andere, um ihn um Rat zu fragen, und in der Nähe des Eingangs standen immer drei oder vier hübsche Mädchen herum, deren Treiben er nachsichtig duldete.

Doch an diesem Abend, an dem er sich gern der ganzen klebrigen Atmosphäre des Tages entledigt hätte, fühlte er sich schwunglos, unlustig, träge. Er kontrollierte mechanisch die Kasse, kümmerte sich um die Kinoplakate, dann um einen Kellner, dem er am Abend zuvor gekündigt hatte und dessen Frau ihn nun anflehte, er möge ihn wieder einstellen.

Er kümmerte sich um alles wie an jedem anderen Tag, aber er war nicht bei der Sache. Er ertappte sich dabei, vor sich hin zu murmeln: »Ein Luder ist sie! Genau das ist es!«

Mit anderen Worten, er dachte an die Marie! Er fragte sich, ob er sie am Ende nicht verabscheuen würde und ob es letztlich nicht sie war, der er gern das Handgelenk verdreht hätte.

Seit er vor zehn Tagen die Jeanne gekauft hatte, machte er sich wichtig. Hier in Cherbourg hatte er verbreitet, es sei ein einmaliges Schnäppchen gewesen, und zum Beweis einen Preis genannt, der wesentlich niedriger war als der, den er tatsächlich für das Schiff bezahlt hatte.

Allein das schon war eigentlich nicht seine Art. Es war demütigend, sich das eingestehen zu müssen.

Wenn er nach Port fuhr, erzählte er, er habe vor, dort eine ganze Fangflottille zusammenzustellen, und das war eine weitere Lüge.

Und warum nur hatte er den Bug gelb angemalt, was tatsächlich lächerlich war? Warum zog er Stiefel an und half den Arbeitern beim Kalfatern?

Weil ihm nicht wohl in seiner Haut war, ganz einfach! Weil er seit ein paar Tagen nicht mehr er selbst war, weil er wie ein Trottel um die Marie herumscharwenzelte, was ihm beinahe eine Kugel im Leib eingetragen hätte.

Er hatte sich schon an zwei verschiedene Tische gesetzt. Der Kellner, der dem Präsidenten der Republik ähnlich sah und darauf stolz war, hatte ihn gefragt, wann er essen wolle, worauf er nur mit einer undeutlichen Handbewegung geantwortet hatte.

Er irrte um die Billardtische im ersten Stock herum, wütend auf sich selbst, auf die ganze Welt und besonders auf die Marie. Die machte sich über ihn lustig, das war sonnenklar. Und sie machte sich über ihn lustig, weil er lächerlich war! Er behandelte sie wie ein junges Mädchen! Er hatte gerade mal gewagt, ihre Taille zu streifen, und als sie ihn daraufhin streng angeblickt hatte, war er rot geworden! Dabei ließ sie sich sicher von allen Fischern von Port-en-Bessin betatschen!

Da er nicht in der Lage war, diese Krankheit anders loszuwerden, musste er die Sache abschließen, er musste sich die Marie schnappen und ihr ein für alle Mal beweisen, dass ein Chatelard sich nicht ewig hinhalten lässt.

Das war also beschlossene Sache!

Und dieser Entschluss erleichterte ihn so sehr, dass er in seine Wohnung hinaufging, wo er die beiden Ärzte vorfand, die ihre Arbeit beendeten, wobei Odile ihnen als Krankenschwester diente.

Marcel war so bleich, als habe man ihm alles Blut abgelassen. Jetzt, wo er gewaschen war, konnte man sehen, dass er eine geplatzte Augenbraue und eine geschwollene Unterlippe hatte.

Benoîts Blick besagte: ›Sag mal, da hast du aber ordentlich hingelangt!‹

Na und? Warum hätte Chatelard sich zurückhalten sollen? Hatte er denn diesen kleinen Dummkopf angegriffen? Hatte er einen Revolver benutzt?

Der andere, der Chirurg, sah ihn noch strenger an und musste ihn wohl für einen Unmenschen halten.

»Wo wirst du ihn unterbringen?«, fragte Benoît.

»Wieso?«

»Weil du ihn in seinem Zustand nicht auf die Straße setzen kannst. Er hat 39 Grad Fieber. Er muss ein paar Tage das Bett hüten, und ...«

Immer noch mehr Komplikationen! War denn Chatelard dafür eingerichtet, Verletzte aufzunehmen? War sein Haus vielleicht ein Krankenhaus?

Er hatte keinen Platz! Nicht einmal genug für ihn selbst, alle verfügbaren Räume waren dem Café zugedacht!

»Mein früheres Zimmer …«, flüsterte Odile.

Warum nicht! Er wäre lieber nicht daran erinnert worden, aber nun … Natürlich hatte sie ein Zimmer gehabt, als sie noch Serviermädchen war, eine Dachkammer vielmehr, die man über eine unbeleuchtete, geländerlose Treppe erreichte.

Sollte man ihn also da unterbringen, und damit Schluss …

»Na gut!«

»Wer wird ihn hochtragen?«

»Lass dir etwas einfallen! Du willst doch wohl nicht, dass ich ihn trage, oder? Also sieh zu, wie du zurechtkommst …«

Und zu den beiden Ärzten: »Trinkt ihr ein Gläschen?«

Der Chirurg lehnte ab, da er zum Abendessen eingeladen war. Chatelard versprach ihm Freikarten fürs Kino. Er gab Benoît, seinem früheren Schulkameraden, der gerade aus der Marine ausgeschieden war, einen Aperitif aus.

»Ist er wirklich so schlimm lädiert?«, fragte er schließlich.

»Ich fürchte, der linke Arm wird nie wieder ganz in Ordnung kommen … Wer ist er denn?«

»Niemand! Ein dummer Bengel … Isst du etwas mit mir?«

»Ich habe um acht einen Termin ...«

So ein Zufall! Und rein zufällig waren auch alle Stammgäste gegangen. Eine Stunde später würde ein Transatlantikdampfer anlegen. Und im Theater spielte eine Truppe aus Paris.

Es war die ruhige Zeit zwischen Aperitif und Abendessen. Die Kassiererin aß wie immer vor ihrer Kasse zu Abend, in ihrer gespielt vornehmen Haltung einer reifen Frau, die eine Menge durchgemacht hat.

An diesem Abend verabscheute Chatelard sie und fragte sich, wie er sie zwei Jahre lang hatte ertragen können.

»Was darf's denn sein?«, fragte ihn der falsche Präsident der Republik.

»Hab ich dich gerufen?«

»Nein! Aber ...«

»Dann warte, bis ich es tue ...«

Er schaute auf die Uhr, ungeduldig, weil Odile nicht herunterkam. Fast allein in seinem Café, wartete er noch etwa zehn Minuten und rief dann schließlich die Kleine von der Garderobe.

»Sag Madame Odile, sie soll runterkommen ...«

Ein Mädchen, das nicht einmal geweint hatte, das es ganz natürlich fand, mit ihm zu schlafen, ja das sogar ständig zu ihm herüberschaute, als frage es sich, wann die Lust ihn wieder überkäme!

»Madame Odile liegt im Bett«, meldete sie, als sie zurückkam.

»Wie?«

»Sie sagt, sie sei sehr müde und habe Migräne ...«

Er hatte gute Lust, sie zum Aufstehen zu zwingen. Doch dann sah er die Kleine im schwarzen Kleid an, die vor ihm stand und wartete, und fragte sich, ob das nicht eine Ablenkung wäre. Es gab da einen alten Trick. Er brauchte sie nur aufzufordern, irgendetwas in sein Büro zu bringen. Dieses Büro war nebenan, im Kino. Darin stand neben Stapeln von Blechdosen, die lauter Filmrollen enthielten, ein schmales Sofa, mit dem gleichen Violett bezogen wie die Kinositze.

»Ist gut …!«

Vielleicht hatte sie ihn nicht gehört. Sie rührte sich nicht vom Fleck.

»Was denn! Ich habe dir doch gesagt, es ist gut …«

Wie viele waren es, die im Café de la Marine um die Marie herumschwirrten? Ihnen gegenüber, all denen gegenüber, die blaue oder rostbraune grobe Tuchhemden trugen, gab sie sich munter und freundlich. Sie nannte sie bei ihrem Namen. Er hatte bemerkt, dass sie ihnen die Gläser bis zum Rand vollschenkte, auch wenn sie dann nasse Ränder auf dem Tisch hinterließen.

Neben der Tür saß eine kleine Brünette, die erst seit drei Wochen in Cherbourg war, und wartete beharrlich auf Kundschaft, obwohl um diese Zeit nichts los war.

Er ging hinüber und sprach sie an, nur um irgendetwas zu tun.

»… verlierst deine Zeit, Kleines …! Nicht einmal heute Abend wirst du es hier zu etwas bringen … Es ist kein guter Tag …«

Auf dem Tisch stand ein unberührtes Glas Bier. Sie schaute den Wirt etwas ängstlich an.

»Woher kommst du denn?«

»Aus Quimper ...«

»Komm morgen gegen vier ... Da findet im ersten Stock ein Bankett statt. Danach läuft es immer gut ...«

Vielleicht weil er gerade eine Art gute Tat vollbracht hatte, verspürte er das Bedürfnis, jemanden dafür bezahlen zu lassen, und baute sich vor der Kassiererin auf.

»Sie müssten doch wissen, Madame Blanc, dass man Miesmuscheln nicht mit den Fingern isst ... Und überhaupt, wenn man an der Kasse sitzt, isst man keine Miesmuscheln ...«

»Aber Monsieur ...«

»Da gibt es kein *Aber Monsieur* ...«

Er würde die Sache mit der Marie ein für alle Mal abschließen, und dann hätte er endlich Ruhe!

5

Jeden Morgen war es das Gleiche. Kaum hatte Chatelard ein Bein aus dem Bett geschwungen, fragte eine schläfrige Stimme: »Fährst du nicht nach Port?«

Selbst wenn man sie bezahlt hätte, hätte Odile ihre Rolle nicht besser gespielt. Manchmal fügte sie noch lockend hinzu: »Das Wetter scheint schön zu werden ...«

Oder sogar: »Wäre da nicht mein Verletzter, käme ich mit ...«

Diese Treuherzigkeit amüsierte Chatelard jedoch schon lange nicht mehr, und so brummte er zur Antwort nur unwillig: »Nein, ich fahre nicht nach Port!«

Basta! Sollte Odile zusehen, wie sie daraus schlau wurde. Oder auch nicht, denn sie versuchte es ja nicht einmal. Sie lag mit angezogenen Beinen im zerwühlten Bett, ein Auge vom Kopfkissen verborgen, der Körper noch träge, aber ganz zufrieden war sie doch nicht, und sie bemerkte, während sie Chatelard beim Anziehen zusah: »Ich weiß nicht genau, was du hast, aber irgendetwas scheint nicht zu stimmen ...«

Er ging. Sie blieb noch eine Viertelstunde oder eine halbe Stunde liegen, die Augen offen, die Glieder gelöst, und dachte nach, und wenn sie derart nachdachte, verlor sich ihr Blick am Ende immer im Grau des

Schrankspiegels, der ein Stück des Fensters zurückwarf.

Schließlich seufzte sie und stieg aus dem Bett; während sie sich streckte, nahm sie ihre Brüste in beide Hände und rieb sie durch das Nachthemd hindurch, dessen Stoff angenehm rau war.

Früher hatte es ein Dienstmädchen gegeben, mit dem Odile stundenlang plaudern konnte, bis sie aus irgendeinem Grund hinuntergehen musste, aber Chatelard hatte ihr gekündigt, weil sie trank.

Odile zog sich nicht an. Sie zögerte diese lästige Pflicht immer so lange wie möglich hinaus. Sie behielt ihre animalische Wärme, ihren Bettgeruch und alle Genüsse der Nacht an sich. Im Morgenrock zog sie die Vorhänge auf und schaute ein bisschen aus dem Fenster, aber es war immer das gleiche Schauspiel, Lieferwagen, die am Rand des Kais hielten, ein paar Fischerboote, das glänzende Pflaster und Leute, die es eilig hatten.

Sie überwand sich und ging ins Treppenhaus, dessen Wände mit Ölfarbe gestrichen waren, unten rötlich, oben in einem hässlichen Grün. Sie ging ganz nach oben, wo sie früher geschlafen hatte, bevor Chatelard sich ihrer annahm. Sie trat ein, ohne anzuklopfen, und wunderte sich jedes Mal über den Geruch. Sie hätte sich daran gewöhnen müssen. Sie hätte wissen müssen, dass jeder Mensch seinen Geruch hatte. Aber nein! Sie war jeden Tag von neuem überrascht. Denn Marcel, der doch noch ein Junge war, roch wie ein Mann, stärker als Chatelard, vielleicht weil er rothaarig war?

»Wie geht es dir?«, fragte sie, während sie mechanisch seine Decke zurechtzog. »Waren die Schmerzen nicht zu schlimm? Hattest du wieder hässliche Träume?«

Um die Wahrheit zu sagen, hatte sie sich in diesem Zimmer immer wohler gefühlt als irgendwo sonst. Zumal Chatelard zwar nett war, aber selten eine Gelegenheit ausließ, sich über sie lustig zu machen oder sie herunterzuputzen.

Hier tat sie, was sie wollte.

»Was möchtest du gern zum Mittagessen? Sag es ruhig! Du weißt doch, vor mir brauchst du dich nicht zu genieren ...«

Schließlich fragte der Junge: »Was sagt er denn?«

Er fragte nicht: »Was sagt *sie*?«

Denn es war nicht so sehr die Marie, die ihm Sorgen machte, sondern Chatelard. Und der war noch nicht ein einziges Mal zu ihm hochgekommen. Nachdem er ihn mit nach Hause genommen und einen Arzt gerufen hatte, zeigte er kein Interesse mehr an ihm.

»Was sagt *er*?«

»Gar nichts sagt er! Was sollte er schon sagen?«

Marcel fragte aus einem unklaren Bedürfnis heraus. Er konnte es nicht erklären, es war einfach so.

»Was macht er?«

»Nichts macht er ...«

»Ist er nach Port gefahren?«

»Nein ... Er muss unten sein, oder im Kino ...«

»Ist es ein großes Kino?«

»Ja ... Wie alle Kinos.«

»Was läuft denn gerade?«

»Ich habe das Programm der Woche noch nicht gesehen ... Sicher ein amerikanischer Film.«

Sie setzte sich aufs Bett. Sie bemerkte den Geruch zwar, aber er stieß sie nicht ab, sie fand ihn sogar ganz angenehm. Und Marcel war jemand, vor dem sie sich nicht zu verstellen brauchte, sie konnte sprechen, ohne nachzudenken, dummes Zeug reden. Er war auch jemand, an dem sie herumfummeln konnte. Sie drückte ihm die Pickel aus, die er im Gesicht hatte. Sie rückte seinen Arm zurecht, der in einer Schiene lag. Sie half ihm, das Hemd zu wechseln, und es machte ihr nichts aus, ihn nackt zu sehen, mit seiner blassen Haut und seiner Wirbelsäule, deren Knochen man zählen konnte.

»Was macht er, wenn er im Café ist?«

»Was weiß denn ich? Er redet. Er kümmert sich um alles ...«

Sie verstand nicht, warum der Junge immer von Chatelard sprach, nur von ihm, warum er ihr Fragen stellte, auf die sie nie gekommen wäre, zum Beispiel: »Schlaft ihr zusammen im gleichen Bett?«

»Ja, natürlich ...«

Sie genierte sich ihm gegenüber auch nicht. So machte sie sich an diesem Morgen daran, sich die Zehennägel zu schneiden. Sie saß vornübergebeugt am Fußende des Bettes, und der Morgenmantel rutschte ihr bis über die Schenkel hoch und ließ einen feuchten, seidigen Schatten erkennen.

»Ich muss dieser Tage mal nach Port und meine Schwester besuchen«, sagte sie, um irgendetwas zu sagen. »Ich weiß nicht, was mit Chatelard los ist ... Letzte

Woche war er jeden Tag dort. Am liebsten hätte er sogar dort übernachtet. Und jetzt, wo das Schiff fertig ist, will er nichts mehr davon hören …«

Sie stellte fest, sorgte sich aber nicht. Das war ihre Stärke. Solange es vier Wände, ein Fensterchen, ein Bett gab, solange sie sich in ihrer eigenen Wärme geborgen fühlte, war sie im Frieden, und was außerhalb ihrer ruhigen Ecke vor sich ging, war ihr egal.

»Was schaust du so?«, fragte sie plötzlich, als sie Marcels seltsamen Gesichtsausdruck sah.

Sie folgte seinem Blick, bemerkte, wohin er schaute, veränderte die Stellung ihres Beins und sagte: »Ach, das ist es …«

Dann setzte sie ihre Plauderei fort, ohne jede Eile, wie die Näherinnen, die tageweise ins Haus kommen.

*

»Schon wieder ich, Chef«, meldete sich der Schulmeister kläglich am Telefon. »Was soll ich tun?«

»Abwarten!«

»Es ist nur so …«

»Ich sage dir, du sollst abwarten … Wenn ich komme, werde ich sehen, und …«

Aber er kam nicht! Er wollte nicht kommen! Er fand alle möglichen Vorwände und hatte sogar mit einer kompletten Inventur seines Kellers begonnen, die sein gesamtes Personal strapazierte und ihn selbst als Ersten langweilte.

So schaffte er es, Tag um Tag herumzubringen, ohne

ein Wort darüber zu verlieren, was er auf dem Herzen hatte, vielleicht letztlich sogar, ohne daran zu denken, zumindest im Sinne von darüber nachdenken, absichtlich und bewusst.

Er wusste, dass man sich in Port fragte, was das bedeuten mochte. Die Jeanne war bereit. Es gab keinen Grund, warum sie nicht auslaufen sollte, und notfalls hätte er ja auch in Cherbourg eine Besatzung anheuern können. Er hatte alle gedrängt, um die Instandsetzung zu beschleunigen. Und jetzt, da sie abgeschlossen war …

Gleichzeitig hätte niemand sich erlaubt, ihm hineinzureden. Gleich am ersten Morgen war die Warnung herumgegangen: »Hütet euch vor dem Chef!«

Das war tatsächlich ratsam! Er fand jedes schlecht gespülte Glas, jeden herumliegenden Lappen in der Ecke. Die Kassiererin, die er ohne ersichtlichen Grund plötzlich auf dem Kieker hatte, verbrachte keine ruhige Stunde mehr und stand schließlich von morgens bis abends Ängste aus.

»Und du, Kleine«, sagte er zu einer alten Stammkundin, »du wirst ab sofort woanders anschaffen gehen als in meinem Café. Du bist ein bisschen zu aufgetakelt, verstehst du … Mein Haus ist kein Puff!«

Er hatte an jedem etwas auszusetzen, den Kellner in Präsidentengestalt eingeschlossen. Chatelard entdeckte, dass er Schuppen hatte, und riet ihm, sich den Kopf mit Petroleum zu waschen!

Das konnte natürlich so nicht weitergehen, aber das Ende kam, wie immer, überraschend. Es war an einem

Abend, an dem er mit Odile in trauter Zweisamkeit Miesmuscheln aß. Er aß sie mit den Fingern, was die Kassiererin von ihrem Platz aus mit Vergnügen registrierte (auch wenn sie sich keine Bemerkung erlauben konnte!). Die Schalen fielen scheppernd in eine Emailschüssel.

»Übrigens ...«

Odile blickte auf. Er aß weiter, um seine Worte so beiläufig wie möglich klingen zu lassen.

»... du solltest deine Schwester anrufen und sie bitten, dich besuchen zu kommen.«

»Die Marie?«

Das Klappern der Miesmuscheln, das Stimmengewirr des Cafés und ein langes Schweigen. Dachte Odile nach? Würde ihr etwas dazu einfallen?

»Ja ... Ich würde sie gern sehen ...«, fuhr Chatelard fort.

Und an den Kellner gewandt: »Émile! Verlang mir die 3 in Port-en-Bessin ...«

»Was soll ich ihr denn sagen?«, fragte Odile unsicher.

»Sag ihr, du willst, dass sie kommt ... Was weiß denn ich! Wenn sie zögert, erzählst du, dass du krank bist.«

»Das stimmt aber nicht ...«

»Und wenn schon?«

Weiter mit den Miesmuscheln. Chatelard schlürfte die Soße aus einer Schale.

»Soll ich ihr von Marcel erzählen?«

»Nein ...«

»Sie haben die 3 am Apparat«, meldete der Kellner.

Sie stand als Erste auf. Chatelard zögerte kurz, dann

folgte er ihr bis in die Kabine, griff aber nicht sofort nach dem zweiten Hörer.

»Bist du es, Marie ...? Ja, hier ist Odile ... Was sagst du ...? Nein, mir geht es gut ... Also ... Ich rufe an, um dir zu sagen ...«

Sie hielt inne, sah Chatelard an, der ihr gebieterisch zunickte.

»... ich hätte gern, dass du mich besuchen kommst ... Doch! Ich kann es dir nicht am Telefon erklären ... Hallo ...!«

Schließlich nahm Chatelard, beinahe schüchtern, den zweiten Hörer ab. Er hörte Maries Stimme, die ruhig fragte: »Wann?«

»Ich weiß auch nicht ...«

Er flüsterte: »Morgen ...«

Und Odile wiederholte fügsam: »Morgen ... Es gibt jede Menge Züge ... Du kommst also, ja ... Chatelard wird sich freuen ...«

Er blickte sie wütend an. Sie geriet durcheinander, stammelte irgendetwas und legte schließlich auf. Als sie an ihren Tisch zurückgingen, sahen sie aus, als hätten sie Streit.

»Warum bist du sauer, dass ich gesagt habe ...«

»Weil ich dir nicht aufgetragen habe, ihr das auszurichten. Das ist alles! Émile! Bring den Käse ...«

Er war unzufrieden mit sich selbst und mit ihr, unzufrieden vor allem mit der Wirkung, die Maries Stimme am Telefon auf ihn gehabt hatte.

»Was hast du denn?«

»Gar nichts habe ich ...«

Und da sie keine Gelegenheit auslassen konnte, ins Fettnäpfchen zu treten, fuhr sie mit schöner Gewissheit fort: »Es ist komisch … Im Grunde interessierst du dich für meine Schwester …«

»Ach wirklich?«

»Ich bin ja nicht eifersüchtig … Ich kenne die Marie …«

»Und?«

Er sah sie an, als würde er sie gleich schlagen.

»Und nichts weiter … Was hast du denn? Jedes Mal, wenn von der Marie die Rede ist …«

»Rede ich vielleicht von ihr?«

»Das heißt …«

»Also sei still …! Du gehst mir allmählich auf die Nerven!«

Dann, nach einer Pause: »Du hast sie nicht einmal gefragt, welchen Zug sie nimmt …«

Alles war geplant, nicht gerade auf die feine Art, muss man sagen. Chatelard hatte keinen Anlass, stolz auf sich zu sein, aber das war ihm egal. Er war früher aufgestanden als sonst und hatte sich sorgfältig rasiert. Er hatte sogar wie ein junger Mann die Unterwäsche gewechselt, wobei er sich nach Odile umdrehte, um zu sehen, ob sie es bemerkte.

Während er sonst nie über Marcel sprach, war an diesem Morgen nur von ihm die Rede.

»Was sagt er denn? Wie geht es ihm? Wann wird er gehen können? Was hat er danach vor …?«

Das war natürlich ein Trick! Eine bloße Überleitung

zu seinem nächsten Satz, und er wandte sich ab, als er ihn aussprach, denn er hatte sich gerade im Spiegel gesehen und sein Gesicht gefiel ihm gar nicht: »Du musst nachher mit ihm reden ... Doch! Es kommt natürlich nicht in Frage, ihn vor die Tür zu setzen ... Nun lass mich doch ausreden! Also, du fragst ihn geschickt aus ... Du versuchst herauszufinden, was er für Pläne hat ...«

»Aber ...«

»Unterbrich mich bitte nicht ... Du wirst tun, was ich dir sage ... Du gehst hinauf und ...«

Und während er so redete, dachte er an die Marie, die er mit unglaublicher Deutlichkeit vor sich sah.

Egal! So war es eben! Hätte sie sich nicht so aufgeführt, wäre er anders vorgegangen.

»Ich hätte meine Schwester vielleicht am Bahnhof abholen können ...«, meinte Odile.

»Nicht nötig ... Sie wird den Weg alleine finden.«

»Was soll ich ihr denn sagen?«

»Nichts ... Dass du sie gerne sehen wolltest ...«

»Möchtest du immer noch, dass sie hier arbeitet?«

»Ich? Das ist mir vollkommen egal ...«

»Aber wenn sie davon anfängt?«

Er dachte an die Ankunftszeit des Zuges. Er wusste, dass er gerade angekommen war, dass die Marie in diesem Moment aus dem Bahnhof heraustreten, auf den Kai zusteuern musste. Er sagte beiläufig: »Ich gehe nach unten ... Bis nachher ... Wenn Marie ankommt, schicke ich sie hoch ...«

Er trat ins Café und rückte mit professionellem Handgriff einen Stuhl zurecht.

An diesem Morgen schien zufällig die Sonne, eine gelbe Sonne, aber immerhin. Ein paar Leute standen mit dem Rücken zum Café am Rand des Kais und beobachteten einen Fischkutter, der gerade in den Hafen eingelaufen war.

Chatelard ging hin und her. Er warf der Kassiererin verstohlene Blicke zu, denn er wusste, dass sie ihm böse war und damit ganz recht hatte.

»Immer noch böse?«, fragte er scherzhaft.

»Ich bin nicht böse. Ich bin Ihre Angestellte, und Sie haben das Recht, mich zu tadeln. Aber ...«

»Aber?«

»Ich bin kein Kind mehr« (allerdings nicht! Sie hatte einen Bart!) »und wenn man mir etwas zu sagen hat, dann wäre es mir lieber, wenn ...«

»... wenn man es nicht vor allen Leuten sagte!«, beendete er ihren Satz.

Daraufhin vollführte er eine Pirouette, denn er hatte gerade im Spiegel gesehen, dass die Tür aufging. Sie war es! Es war die Marie! Er hatte so viel an sie gedacht, aber er hatte sich überhaupt nicht vorgestellt, dass sie so aussehen würde!

Es war lächerlich, denn sie wäre natürlich nie in Holzschuhen, Schürze und mit ungekämmtem Haar nach Cherbourg gekommen.

Aber trotzdem! Sie war ganz verändert. In ihrem schwarzen Kostüm, das ihre Gestalt zu scharf umriss, mit ihrer Handtasche, die sie damenhaft vor sich hielt, sah sie aus wie ein eigenwilliges Persönchen.

Es war seltsam, sie als Besucherin zu sehen, die, da sie

Chatelard nicht bemerkt hatte, auf den Kellner zuging und höflich fragte: »Ist Mademoiselle Le Flem da?«

Auf diese Frage würde sie hier von niemandem eine Antwort bekommen, da nicht einmal Chatelard selbst wusste, dass Odile mit Nachnamen Le Flem hieß! Er lachte. Er ging auf sie zu. Er war bester Dinge. Darüber vergaß er ganz, was für eine hässliche Falle er ihr gestellt hatte.

»Guten Tag, Marie!«

»Guten Tag, Monsieur …«

Das saß! Ihr »Monsieur« traf ihn wie ein Schlag. Aber wie hätte sie ihn sonst nennen sollen? Weder Chatelard noch Riri oder Schwager! Also?

»Ist meine Schwester da?«

»Aber ja, mein schönes Kind! Sie ist oben und wartet auf Sie … Émile! Führen Sie Mademoiselle in die Wohnung …«

Sie war schön! Jawohl, jetzt war er sich sicher, dass sie schön war! Es war ihm mit einem Mal klar geworden. Das war nicht mehr die Marie, die er in Port-en-Bessin kennengelernt hatte. Das war eine sehr gepflegte kleine Person, die wusste, was sie wollte, und auftrat wie eine Dame auf Besuch, während sie dem Kellner folgte.

Sie hatte natürlich nicht erwartet, dass Chatelard ihr derart die kalte Schulter zeigte! Hatte er das wirklich gesagt? *Führen Sie Mademoiselle in die Wohnung …*

Ha! Ha! Als interessiere er sich kein bisschen für sie! Was hatte er denn mit ihr gemein? Sie kam doch ihre Schwester besuchen, nicht wahr? Sollten sie doch zusehen, wie sie miteinander auskamen!

Seine Augen lachten. Ihm war nach Scherzen zumute. Er ging zurück zum Tresen.

»Wovon sprachen wir gerade, meine gute Madame Blanc?«

»Wollen Sie das wirklich wissen?«

»Aber sicher doch!«

»Ich sagte, ich bin kein Kind mehr und wünsche, dass in Zukunft ...«

Er frohlockte. Wie die Marie hier in dem leeren Café angekommen war, das war etwas Unglaubliches! Er schaute zur Tür und meinte zu sehen, wie sie aufging und die kleine Gestalt des jungen Mädchens auftauchte. Das war es! Zum ersten Mal war sie ihm als junges Mädchen erschienen!

Wahrhaftig! War sie das denn nicht?

»Ich höre Ihnen zu, Madame Blanc ...«

»Das kommt mir nicht so vor ...«

Er trat hinter den Tresen und fragte sich, was er trinken sollte, irgendetwas, das einen guten Geschmack im Mund hinterließ. Er nahm eine Flasche in die Hand, dann eine andere und gurgelte am Ende mit altem Portwein.

Er musste noch etwas warten, sonst würde es nicht natürlich wirken. Er ging etwas auf den Gehsteig hinaus, um Luft zu schnappen. Es war wunderbar frisch. Eine Frau schob einen Karren voller Wittlinge vorbei, dessen Räder eine nasse Spur hinterließen.

Da oben tauschten sie wahrscheinlich ihre kleinen Geschichten aus. Jedenfalls war die Marie gekommen! Dabei musste sie doch ahnen, dass Odile sie auf seine

Weisung hin angerufen hatte. Wenn dem so war, musste es sie erstaunt haben, wie stolz er sich gab.

»Lass die Markise etwas herunter, Émile. Falls man nach mir fragt, ich bin für niemanden zu sprechen … Ach! Fast hätte ich es vergessen … Lass in der Küche zwei schön zarte Hähnchen braten.«

Er ging die Treppe hinauf. Seine Augen lachten noch immer, aber es kostete ihn schon ein wenig Anstrengung. Er musste sich halblaut vorsagen: »Sie hat es nicht anders verdient …!«

Er blieb einen Moment hinter der Tür stehen und lauschte. Odile sagte Dinge wie: »Er ist kein bisschen boshaft …«

Aber vielleicht war gar nicht von ihm die Rede. Es konnte auch Marcel gemeint sein.

Odile war im Nachthemd und barfuß. Sie hatte den Kleiderschrank geöffnet, wahrscheinlich um ihrer Schwester ihre Garderobe zu zeigen. Die Marie hatte ihr Kostüm anbehalten und nur den Hut abgenommen, der ihr wohl etwas eng war, denn auf ihrer Stirn war ein roter Abdruck zu erkennen.

»Siehst du! Sie ist gekommen …«, sagte Odile freudestrahlend.

»Das sehe ich.«

In dem Zimmer war es nie sehr hell, denn das einzige Fenster, das auf den Kai hinausging, war mit schweren Plüschvorhängen eingerahmt; zudem war die Tapete dunkel, und auf dem Boden lag ein rötlicher alter Teppich.

»Sag mal, Odile …«

»Was?«

Er sah sie an, um ihr zu verstehen zu geben: ›Dass du mir ja keine unnötigen Fragen stellst!‹

Und er sagte: »Ich hätte gern, dass du hochgehst und tust, worum ich dich heute früh gebeten habe …«

Sein Blick verhinderte jede Widerrede.

»Geh schnell! Sprich mit ihm … Ich muss Bescheid wissen, weil ich nachher mit jemandem über ihn reden will …«

»Also gut …«

Sie hob ihren Morgenrock auf, angelte sich ihre Hausschuhe, die irgendwo herumlagen, und sagte zu ihrer Schwester: »Ich komme gleich wieder …«

Als sie zur Tür ging, zögerte sie jedoch eine Sekunde, als sei ihr endlich etwas aufgegangen. Aber es war gleich wieder weg, und alles, was ihr einfiel, war: »Versucht, euch nicht zu streiten!«

Marie hatte sich nicht gerührt. Sie stand zwischen Bett und Fenster, einen Meter von dem Spiegelschrank entfernt, der das Bild ihres Rückens zurückwarf. Chatelard belauerte sie mit kurzen Blicken, und als Odile im Treppenhaus war, ging er zur Tür, langsam und ernst, wie wenn man etwas Wichtiges, Wohlüberlegtes tut, drehte den Schlüssel im Schloss und steckte den Schlüssel in die Tasche, bevor er schließlich den Kopf hob und der Marie in die Augen schaute.

»So!«, sagte er.

Er hatte viel darüber nachgedacht. Er hatte jedoch nie vorhersagen können, was sie tun würde. Er erwartete eine heftige Reaktion, einen Schrei vielleicht, Beschimpfungen, Schläge? Er konnte sich ganz gut vorstellen, wie sie sich in seinen Armen wehrte und kratzte wie ein junges Tier.

Doch sie rührte sich nicht. Sie wandte den Blick nicht ab. Sie stand so vollkommen reglos da, dass man hätte meinen können, sie hätte keine Angst. Wahrscheinlich war das Zufall, aber sie hatte immer noch ihre kleine schwarze Tasche mit Metallverschluss in der Hand, mit der sie aussah wie auf Besuch.

»Begreifst du jetzt?«

Er sah sie nun an, als hasse er sie, hart, feindselig, den Unterkiefer grimmig vorgeschoben. Als habe er an diesem erstarrten Mädchen eine fürchterliche Rache zu nehmen!

»Komm her …«

Nein! Sie würde nicht von selbst kommen! Es war an ihm, auf sie zuzugehen! Er tat es, auf unbeholfene Art, denn es war viel schwieriger, als er geglaubt hätte. Wenn sie wenigstens gewütet oder geweint hätte! Wenn sie sich gerührt hätte! Aber nein! Sie stand da, und ihr Gesicht drückte nichts aus, weder Überraschung noch Zorn, nichts als eine unbestimmte Neugier, als habe das alles gar nichts mit ihr zu tun.

»Hast du das nicht ein bisschen erwartet?«

Wenn er erst mal angefangen hätte, würde es von alleine gehen. Was zu tun war, war jeden Abstand zwischen ihnen aufheben, sie berühren, sie halten. Aber man macht sich keine Vorstellung, wie schwierig es in manchen Momenten sein kann, einen Arm zu heben, die Hand auf eine mit schwarzer Serge bedeckte Schulter zu legen!

Er tat es jedoch. Die Schulter zuckte nicht, entzog sich auch nicht. Er sagte: »Siehst du, meine kleine Marie, das habe ich schon viel zu lange im Sinn …«

Und sie, mit verblüffend natürlicher Stimme: »Warum haben Sie die Tür abgeschlossen?«

Was konnte er anderes tun, als zu lachen, sich ihr noch weiter zu nähern, seinen Arm um ihre Schultern zu legen?

»Das hast du also bemerkt?«

Er hatte sich zu viele Gedanken gemacht. Es war viel leichter, als er glaubte! Im Grunde hatte sie sich schon damit abgefunden, und vielleicht war es ja nicht das erste Mal, dass ihr so etwas passierte?

Er wollte nicht naiv erscheinen. Er flüsterte: »Macht es dir Angst?«

»Was?«

»Verstehst du denn nicht?«

Da tat sie etwas Komisches. Sie zeigte auf das zerwühlte Bett, in dem noch Odiles zusammengeknäuelte Wäsche lag. Sie fragte: »Meinen Sie das?«

Dann machte sie sich sanft los. Er hatte keine Ahnung, was sie tun würde. Er war auf alles gefasst, nur nicht darauf, dass sie geradewegs auf das Bett zusteuerte, sich an den Rand setzte und sagte: »So …!«

Wie, *so*? War sie einverstanden? War sie froh? Nahm sie es hin? Wie, *so*? Machte sie sich über ihn lustig, oder verachtete sie ihn?

»Sie sind der Stärkere, nicht wahr?«, fuhr sie lächelnd fort. »Und ich nehme an, Sie haben alle Vorkehrungen getroffen …«

»Hör zu, Marie …«

»Nein!«

»Wie, *nein*?«

»Ich höre nicht zu … Ich brauche nichts zu wissen … Tun Sie, was Sie wollen, da ich Sie ja nicht daran hindern kann, aber sparen Sie sich Ihre Erklärungen …«

Sie weinte nicht. Kaum, dass sie das Gesicht verzog. Nur so leicht, dass er nicht sicher war, ob seine Sinne ihn nicht täuschten. Fast nichts! Ein kaum merkliches Vorschieben der Unterlippe, dann eine Kopfbewegung, sie drehte das Gesicht zur Wand, sodass er zum ersten Mal ihren langen, sehr weißen Hals bemerkte, an dem sich eine blaue Ader abzeichnete.

»Hören Sie, Marie …«

Er hatte gerade »Hören *Sie*« gesagt! Er wusste nicht mehr, wo ihm der Kopf stand. Er war wütend auf sich selbst. Deshalb preschte er los, um diese peinliche Situation zu beenden, das heißt, er ging zu ihr hinüber, setzte sich ebenfalls aufs Bett, packte sie irgendwie, drückte sie an sich. Sie wehrte sich nicht. Ihre Wange war kalt. Er küsste sie aufs Geratewohl, auf die Härchen an den Schläfen, auf die Wange, auf den Nacken. Es brach aus ihm hervor: »Verstehst du denn nicht, dass ich nicht mehr kann, dass ich dich liebe, dass ich …«

Aber sie rührte sich nicht! Sie lebte nicht! Sie erstarrte nicht! Es war unglaublich, unerträglich! Er meinte, es würde sich vielleicht ändern, wenn er ihren Mund nähme, aber sie wandte den Kopf leicht ab, als widere sein Mund sie an.

»Marie, ich muss …«

Was musste er? Und zu allem Überfluss blieb er seiner Sinne mächtig, er sah das Fenster und den Sonnenschein hinter dem Spiegelschrank, in dem er eben noch Maries Rücken gesehen hatte; er hörte den Lärm, den Émile unten beim Verrücken der Tische machte.

Mehrmals fühlte er sich versucht, mit Gewalt vorzugehen, um die Sache zu Ende zu bringen, selbst wenn er es danach bereuen sollte. Wäre das nicht besser als nichts?

Seine Hand legte sich auf das Knie der Marie, die schwarze Strümpfe trug, berührte etwas weiter oben die Haut. Im gleichen Moment sah er das Gesicht, das sich ihm zuwandte, und las darin eine traurige Ergebenheit, vielleicht Ernüchterung, oder einen Anflug von Abscheu?

Nein! Nicht einmal das.

Sie sagte ein Wort, ein einziges.

»Nun?«

Das war alles! Er verstand jedoch: »Nun, darauf wollen Sie also hinaus …? Das ist alles, was Sie auf dem Herzen hatten …? Deshalb sind Sie so gerannt, sind Sie jeden Tag wie ein Irrer nach Port-en-Bessin gefahren, haben Sie sich irgendwann nicht mehr getraut zu kommen, um schließlich meine Schwester nach mir telefonieren zu lassen …? Das alles *dafür*?«

Sie zog ihr Kleid nicht wieder herunter. Die Mühe machte sie sich nicht! Was war schon dabei, wenn er ein Stück ihres Schenkels sah?

Chatelards Arme fielen herab. Er konnte nicht mehr. Er war wie gelähmt. Seine Kehle schnürte sich zu. Er wollte nicht weinen. Das wäre zu dumm, zu demütigend!

So konnte es nicht weitergehen. Da saßen sie nebeneinander auf der Bettkante, ohne sich anzusehen. Es war die Marie, die als Erste einen Seufzer ausstieß. Dann wandte sie sich mit einer gewissen Schüchternheit wieder Chatelard zu und sagte mit ihrer neutralen Stimme, die an diesem Tag eine so merkwürdige Wirkung auf ihn hatte: »Sehr intelligent …!«

Er sprang auf und brüllte: »Idiotisch ist das, verdammt!«

Und er lief mit großen Schritten zur Tür. Das Alleridiotischste war noch, dass er den Schlüssel nicht fand, dass er fieberhaft in seinen Taschen wühlte, bis er schließlich aus seinem Taschentuch fiel.

»Idiotisch …! Idiotisch …! Vollkommen idiotisch …«, wiederholte er, ohne zu wissen, was er sagte, aber mit fürchterlicher Überzeugung.

Er öffnete die Tür. Er wollte sich nicht umdrehen. Um nichts in der Welt.

Er nahm die kleine Treppe zwischen den braun und grün gestrichenen Wänden. Er stürzte die Stufen hinauf und wiederholte weiter: »… idiotisch …«

Und wie Kinder es manchmal tun, sprach er die Worte vor sich hin, die er gleich sagen würde: »Kümmer dich um deine Schwester … Geh! Kümmer dich um die Marie …«

Er erreichte die letzte Etage, lief den Flur entlang, stieß eine Tür auf. Und da – es war noch dümmer als alles andere, dümmer als das, was unten geschehen war, als alles, was in seinem Leben je geschehen würde. Dumm und aberwitzig!

Odile und Marcel …

Sie waren in einer derart lächerlichen Pose erstarrt, dass er lachen musste, es gab nichts anderes zu tun, auch wenn es ein peinliches Lachen war, das wehtat.

Jeder andere hätte geschwiegen. Nicht aber Odile! Odile verspürte das Bedürfnis zu reden, in den Laken, in Marcels Hemd verfangen, wie sie war, in ihrer komischen Verlegenheit. Und sie sagte: »Ich will es dir erklären …«

Ob die *andere* unten immer noch auf der Bettkante saß? Er lachte! Es tat ihm in der Kehle weh! Er hatte Durst! Und zugleich hatte er das dringende Bedürfnis, sich zu setzen, denn seine Knie zitterten.

»Deine Schwester …«, begann er und zeigte auf die Tür.

Er konnte keine langen Sätze herausbringen. Sollte sie doch verstehen! Sollte sie doch zur Marie hinuntergehen!

Aber nein! Sie rief aus: »Wie …? Was ist passiert …?«

Nichts war passiert, zum Donnerwetter, da es mit ihm und der Marie doch schiefgegangen war! Das war es, was er ihr verständlich machen wollte. Er stieß hervor: »… schiefgegangen …«

Er lachte, ohne zu lachen. Das waren die Nerven. Sollte sie doch hinuntergehen. Er winkte sie zur Tür. Schließlich schrie er: »Nun geh doch!«

Sie konnten ja nicht alle drei so bleiben!

»Geh!«

Sie blieb unterwegs noch einmal stehen, öffnete den Mund. Aber immerhin sagte sie nicht, wie sie es gern getan hätte: »Versprich mir wenigstens, dass du ihm nichts tust ...«

Marcel etwas tun!

Das hatte sich ja gelohnt, zum ersten Mal seit Wochen bei Sonnenschein aufgestanden zu sein. Und die Wäsche gewechselt zu haben wie ein Oberschüler ...

6

Durch die offene Tür waren das zerwühlte Bett und das Rechteck des Schrankspiegels zu sehen. Die Marie in ihrem Kostüm, Hut auf dem Kopf, Tasche in der Hand, stand auf der Schwelle und tupfte sich mit dem Taschentuch die Nase, nicht wie jemand, der weint oder geweint hat, sondern als habe sie Schnupfen. Tatsächlich hatte sie sich am Morgen im ungeheizten Zug – ungeheizt in den Waggons der dritten Klasse – erkältet.

Odile kam mit ihrem Katastrophengesicht und halb angezogen herunter. Sie lief keuchend an ihrer Schwester vorbei und jammerte, während sie auf den Schrank zustürzte: »Ach Gott …! Ach Gott …!«

Dann riss sie sich das Nachthemd vom Leib, das sie noch trug. Splitternackt stand sie da, bleich und rothaarig im grauen Licht. Das war unerwartet. Die Marie bemerkte unwillkürlich, dass ihre Schwester zugenommen hatte und dass ihr Busen mit den winzigen zartrosa Brustspitzen, um den sie sie immer beneidet hatte, noch größer geworden war.

Odile kleidete sich hastig und atemlos an. Ohne nachzudenken, fragte sie: »Was hat er dir denn getan?«

Dann, ohne die Antwort abzuwarten: »Horch doch mal im Flur … Sag mir Bescheid, wenn er runterkommt …«

Dann zog sie trotz ihrer Eile Hüftgürtel, Strümpfe, einen Büstenhalter an. Die Marie ging im Flur auf und ab, blieb manchmal im Türrahmen stehen.

»Hörst du nichts?«

»Nein ...«

Als Odile endlich fertig war, schaute sie sich noch einmal um, ohne recht zu wissen, wonach sie suchte, und entschloss sich dann zu gehen.

»Komm ... Ich erzähle dir draußen alles ... Ich habe zu große Angst ...«

Ein Blick nach oben, dann liefen sie beide die Treppe hinunter und durchquerten das Café, wo man ihnen nachschaute.

Es sah aus, als würde es bald regnen. Der Himmel zog sich zu. Kalte Windstöße fegten über den Kai. Odile drehte sich hin und wieder um, während sie, ihre Schwester im Schlepptau, den Gehsteig entlangeilte.

»Du wirst es nicht glauben ... Er hat uns überrascht, Marcel und mich ...«

Marie war zum Lachen zumute, aber sie schaffte es, ernst zu bleiben und zu fragen: »Was ist denn in dich gefahren?«

»Ich weiß nicht ... Ich frage mich selbst, wie es dazu gekommen ist ...«

Passanten rempelten sie an, denn sie folgten einer belebten Straße mit schmalen Gehwegen. Odile zappelte sich ab, um genauso schnell voranzukommen wie ihre Schwester, die ruhig dahinschritt. Die Marie sagte mit voller Überzeugung: »Ach, Kindchen, du warst schon immer ein Dussel!«

»Ist es denn meine Schuld, wenn ich nicht nein sagen kann …?«

»Du wartest ja nicht mal, bis man dich fragt!«

Sie kamen an Geschäften und Boutiquen vorbei. Sie waren in einer großen Stadt. Straßenbahnen fuhren dicht an ihnen vorüber.

»Und du?«, fragte Odile plötzlich.

»Was, ich?«

»Hast du noch nicht dran glauben müssen? Hat Chatelard es nicht versucht?«

»Wieso? War es denn ausgemacht, dass er es versuchen würde?«

»Das habe ich nicht gemeint. Du verstehst nicht …«

Doch, doch! Die Marie hatte durchaus verstanden, dass man sie in eine Falle gelockt hatte und dass ihre Schwester vielleicht nicht ganz so unschuldig war, wie sie erscheinen wollte.

Sie erreichten den Bahnhof und blieben stehen. Marie fragte ohne Umschweife: »Hast du Geld?«

Und ihre Schwester durchwühlte ihre Tasche, fand aber nur einen zerknüllten Hundert-Franc-Schein und etwas Kleingeld.

»Ist das alles …? Hast du keine Ersparnisse auf der Bank?«

»Nein …«

»Hat Chatelard dich denn nicht bezahlt?«

»Nicht seit wir zusammen sind …«

Die Marie zuckte mit den Achseln, ging zum Schalter und kaufte zwei Fahrkarten nach Bayeux. Sie mussten eine Dreiviertelstunde warten und setzten sich auf die klamme Bank des Wartesaals, wo die Marie begann, sich immer öfter zu schnäuzen, und ihre Nase immer röter wurde. Es waren Leute um sie herum, sodass sie nicht frei reden konnten. Sie beschränkten sich auf recht unbestimmte Sätze, streng belauscht von einer dicken, schnurrbärtigen Frau, die vor lauter Anstrengung, sie zu verstehen, die Stirn runzelte.

»Glaubst du nicht, dass er kommen wird?«

Nein! Das glaubte die Marie nicht. Und das Missgeschick, das ihrer Schwester widerfahren war, schien sie nicht weiter aufzuregen.

»Ich frage mich, was er mit Marcel angestellt hat …«

»Warum sollte er denn etwas mit ihm anstellen?«

Durch die Glastür war ein Zug zu sehen, der sich seit einer halben Stunde nicht vom Fleck bewegt hatte.

»Du kannst ja ein paar Tage in Port bleiben und eine Annonce aufgeben …«

»Eine Annonce wofür?«

»Für eine Stelle …«

Die Marie blieb weiter ungerührt, abgesehen von ihrer Nase. Sie hatte sie nicht gern rot und puderte sie nach, sooft sie sich schnäuzte.

»Kann ich bei dir schlafen?«

»Mal sehen …«

Sie stieß ihre Schwester zwei- oder dreimal mit dem Fuß an, um sie auf die schnurrbärtige Frau aufmerksam zu machen, aber Odile verstand nicht einmal, was sie meinte.

»Was ist denn?«

»Nichts … Mach dir keine Sorgen, Kindchen …«

Und dieses »Kindchen« klang in Maries Mund wirklich beschützend.

*

In Bayeux verpassten sie den Autobus und mussten bis zum Abend auf den nächsten warten. Sie irrten durch die Straßen, denn am Nachmittag gab es keine Kinovorstellungen. Immerhin konnten sie sich Gebäck holen. Sie aßen es und bummelten an den Schaufenstern entlang, als die Marie plötzlich einen Einfall hatte und vor einem Geschäft stehen blieb.

»Kannst du noch einigermaßen nähen?«, fragte sie ihre Schwester. »Da du ja eine Weile nichts zu tun haben wirst, könnte ich alles Nötige kaufen, damit du mir Unterwäsche nähst ...«

Im nächsten Augenblick stand sie schon im Laden und flüsterte: »Leih mir deine hundert Franc ... Ich habe nicht genug bei mir ...«

Es regnete wieder. Im Laden roch es nach Leinen und Baumwolle. Die Marie brauchte eine Stunde, um ihre Auswahl zu treffen, und kam mit einem weichen rosa Päckchen unterm Arm wieder heraus.

»Am besten bleibst du einfach zu Hause ... So kann dir niemand dumm kommen ...«

Denn das Haus in der Gasse am Fuß der Klippe gehörte ihnen noch. Onkel Pincemin sollte sich darum kümmern, genauso wie um die Schaluppe des Vaters, die mit allen Geräten an Bord im Hafenbecken lag, als würde sie gleich auslaufen.

»Geh schon mal nach Hause. Ich muss noch im Café vorbeischauen … Ich komme dann zum Schlafen nach.«

»Bist du sicher?«

Sie trennten sich auf dem Kai, wo es nieselte. Die Gaslaternen brannten, und die Flut war fast auf dem Höchststand. Die Marie trat ins Café de la Marine, nahm ihren Hut ab und sah mit einem einzigen Blick in die Runde, dass alle an ihrem Platz waren.

»Guten Tag!«

»Zieh dich schnell um, du, die Chefin wird dir den Marsch blasen …«

»Wieso?«

»Du solltest doch um vier Uhr zurück sein?«

»Der Autobus ist schuld …«

»Mach schnell …!«

Sie machte nicht schnell, im Gegenteil! Sie hatte noch nie so lange gebraucht, um sich umzuziehen, und blieb eine ganze Weile reglos auf ihrem Bett sitzen, einen Strumpf in der Hand, ein Fuß über dem Holzboden baumelnd.

Sie hätte nicht sagen können, was sie dachte. Es waren eigentlich gar keine Gedanken. Da war zuerst eine wohlige Wärme in der Brust und das Gefühl, dass eine Hoffnung sich verfestigte; dann, während sie die Dachkammer um sich herum betrachtete, etwas Wehmut, weil es nicht mehr lange so weitergehen würde …

»Was ist denn, Marie?«

»Ich komme schon …«

Sie war munter und hatte Spaß daran, die Gäste zu bedienen, alle, die sie kannte, vor allem die Alten, die schon zu ihrem Vater gekommen waren, als sie noch klein war. Dann setzte sie sich zum Essen an eine Ecke des Küchentischs und goss sich ordentlich Sahne in die Suppe, als die Wirtin gerade nicht hinsah.

»Was hattest du denn in Cherbourg zu tun?«, fragte die Frau, während sie sich am Herd zu schaffen machte. »Hast du deine Schwester nicht gesehen?«

»Doch ...«

»Ist das nicht die, die mit diesem Chatelard zusammen ist? Wann macht der denn endlich sein Schiff klar? Der Kapitän hockt den ganzen Tag im Café ...«

Es war warm. Man konnte sich beim Essen unterhalten und gleichzeitig dunkel an andere Dinge denken, an recht vergnügliche Dinge.

»Sagen Sie, Madame Léon ...«

»Was?«

»Ich würde gern ein paar Tage zu Hause schlafen ...«

»Wie meinst du das?«

»Meine Schwester ist in Port ...«

»Die von Chatelard?«

»Sie sind nicht mehr zusammen ... Vielleicht geht sie nach Paris. Aber bis dahin ...«

An diesem Abend ging um zehn Uhr die Tür des Cafés auf, Marie blieb einen Moment auf der Schwelle stehen, zog sich den Mantel über den Kopf und lief los, rannte über den Kai, über die Brücke, den Hang hinauf, um ganz außer Atem zu Hause anzukommen, wie als Kind.

Drinnen brannte Licht. Odile war noch nicht im Bett. Ein Holzscheit verglühte im offenen Kamin, denn einen Ofen hatte es im Haus nie gegeben. Das große Elternbett stand in der Ecke gegenüber dem Schrank. Auf dem Tisch beleuchtete eine Petroleumlampe weiße Stoffstücke.

»Was machst du denn?«, fragte die Marie besorgt, während sie Mantel und Holzschuhe auszog.

»Deine Unterhosen …«

»Und meine Maße, Dummerchen?«

»Wie meine, nur ein bisschen kleiner …«

Es war ein seltsamer Abend, der keinem anderen glich. Odile nahm Maß. Die Marie redete, Stecknadeln zwischen den Lippen. Beinahe hätten sie sich wegen eines Saums gestritten.

»Was hast du gegessen?«

»Nichts … Es ist nichts im Haus …«

»Bist du dumme Pute nicht zum Metzer gegangen?«

Es war, als habe sich die Marie ihrer älteren Schwester vollständig bemächtigt.

»Du schläfst an der Wand … Hast du immer noch so kalte Füße …? Gute Nacht …«

»Es ist zu dumm …«, seufzte Odile.

»Was ist zu dumm?«

»Dass er ausgerechnet in dem Moment heraufgekommen ist …«

Sie redeten im Dunkeln noch ein wenig, in kurzen Sätzen, wie sie ihnen gerade kamen, während sich die Wärme ihrer beiden Körper langsam im Bett ausbreitete.

Um sechs Uhr verließ die Marie leise das Haus, um zur Arbeit zu gehen, nachdem sie gut sichtbar etwas

Geld auf den Tisch gelegt hatte, damit Odile sich etwas zu essen kaufen konnte.

✣

Nach zwei Tagen hatte Odile sich schon eingerichtet wie für die Ewigkeit, mitsamt ihrer Unordnung und ihren kleinen Gewohnheiten, den Essensresten, die immer auf dem Tisch herumstanden, und den halbleeren Kaffeetassen, denn Kaffee war ihre Leidenschaft.

Wenn die Marie abends um zehn nach Hause kam und die Tür hinter sich schloss, gab es nur noch sie beide auf der Welt. Die Luft roch wie früher, nach Holzfeuer und gebratenem Fisch. Sie hatten sogar die Wanduhr wieder aufgezogen, die ein Freund ihres Vaters bei einem Billardturnier gewonnen und gegen ein paar Hummerkörbe eingetauscht hatte.

»Noch immer keine Post?«

Nach langem Hin und Her hatten sie eine Annonce an eine Zeitung in Caen geschickt. Odile wollte »Kammerzofe« schreiben, doch ihre Schwester hatte eingewandt, dass sie ebenso wenig Kammerzofe war wie General, dass sie nicht mal ordentlich einen Faden vernähen konnte!

Sei's drum! Es war bei Kammerzofe geblieben! Und jetzt wartete sie, ohne wirklich zu warten, denn es war ja nicht so wichtig, und sie nähte weiter für die Marie, die ihre Arbeit streng beaufsichtigte.

»Wenn wir nur eine Maschine hätten ...«, seufzte Odile.

Eine Nähmaschine für sechs Unterhemden und sechs Unterhosen!

»Immer noch keine Neuigkeiten von ihm …«

»Nein … Sein Kapitän hat ihn angerufen …«

»Und?«

»Und nichts …«

»Und Marcel?«

»Auch nichts …«

Früher hatten sie, sobald sie alt genug waren, abwechselnd für die Familie gekocht, sie hatten in Holzschuhen und schwarzer Schürze vor dem Kamin gekauert und nebenbei die Schnecke beaufsichtigt.

»Sag mal, Marie …«

»Was denn?«

»Ich habe mir vorhin gedacht … Warum gehen wir eigentlich nicht alle beide nach Paris?«

»Weil ich nicht nach Paris will, meine Gute!«

»Warum denn nicht?«

»Weil es mir in Port gefällt …«

Odile, die morgens nicht früh aufstehen musste, war nicht müde. Sie wälzte sich lange im Bett herum und konnte das Reden nicht lassen.

»Schläfst du?«

»Ja …«

»Was findest du denn an Port angenehm?«

»Ich finde, es lässt sich hier gut leben …«

»Im Café de la Marine? Wo du all den Fischern zu trinken servierst?«

»Nein …«

»Sondern?«

»Lass mich schlafen …«

Stille. Unregelmäßige Atemzüge.

»Schläfst du?«

»Ja, sag ich dir …!«

»Sag mir die Wahrheit … Hast du einen Geliebten?«

»Kann schon sein …«

»Was macht er denn?«

»Lass mich in Ruhe.«

»Kenne ich ihn?«

Da stand die Marie wieder auf, machte die Lampe an, baute sich mit bloßen Füßen vor ihrer Schwester auf, die vom Licht geblendet die Augen zusammenkniff.

»Wirst du mich wohl in Ruhe lassen? Muss ich zum Schlafen zurück in meine Kammer?«

»Du bist gemein … Ich darf doch wohl wissen …«

»Nun, dann wisse, dass ich Port nie verlassen werde! Und dass ich heirate … Und dass ich auf der anderen Seite des Hafenbeckens wohnen werden, in einem Haus wie die beiden roten …«

Das waren zwei außergewöhnliche Häuser, die einzigen ihrer Art. Das eine gehörte einem Reeder, der drei Schiffe hatte und eines davon selbst kommandierte; das andere war das Haus des neuen Doktors, eines großen Mannes mit Bart, Vater von sieben oder acht Kindern.

Man hätte meinen können, sie hätten sie beide wie Spielzeug per Katalog bestellt, so hübsch und freundlich waren sie, genau wie man sich als Kind das ideale Haus vorstellt, mit einem hohen, leuchtend roten Dach, einer Garage zur Linken, einer Terrasse und Balkons, dazu

Fenster, die breiter waren als hoch und an die von englischen Cottages erinnerten.

Mit vierzehn wollte Marie Kindermädchen im Haus des Reeders werden, so gut gefiel ihr die mit kleinen weißen Fliesen gekachelte Küche, in der es einen Gasherd gab und für jeden Kochtopf einen vernickelten Haken.

»Bist du jetzt zufrieden?«, fragte sie ihre Schwester barsch und biss in einen grünen Apfel.

»Was hast du ausgeheckt?«

»Überhaupt nichts habe ich ausgeheckt. Ich will ein Haus wie diese da ... Es wird dann eben drei davon geben statt zwei ... Ich werde Kinder haben und ein Mädchen, das sich um sie kümmert ...«

»Leg dich wieder hin! Es wird kalt im Bett ...«

»Selber schuld! Mein Mann wird ein kleines Auto haben, und wenn er vom Meer zurückkommt, fahren wir nach Bayeux ins Kino.«

»Wer ist es denn?«

»Was?«

»Der Mann ...«

»Das sehen wir später, Kindchen! Rück rüber ... Mit deinem dicken Hintern lässt du mir gar keinen Platz ... Gute Nacht.«

»Willst du mir nicht sagen, wer es ist?«, bohrte Odile noch im Halbschlaf weiter.

Und die Marie lutschte beim Einschlafen noch an einem Stück Apfel.

*

Man wusste wohl, dass einige Formalitäten zu erledigen waren, hatte aber immer gedacht, das habe Zeit, und so war die Marie an diesem Morgen erstaunt, als sie den Pferdewagen von Onkel Pincemin vor dem Café halten sah.

»Zieh dich schnell um, dass wir nach Bayeux fahren können«, sagte er zu ihr, nachdem er den Wirt begrüßt und seine Peitsche auf einen Tisch gelegt hatte. »Wir gehen zum Friedensrichter. Ich habe Odile geschrieben, dass sie auch kommen soll.«

»Odile hat den Brief nicht bekommen.«

»Wieso?«

»Weil sie nicht mehr in Cherbourg ist ... Sie ist hier.«

Es gab Tage, an denen die Marie sich gern über andere Leute lustig machte, und besonders gern machte sie sich über den Onkel Pincemin lustig, der einen lächerlichen roten, ewig feuchten Schnurrbart hatte, wie manche Wasserhunde.

»Du musst ihr sagen, sie soll sich fertig machen ... Boussus erwartet uns um ein Uhr.«

Der Wind wehte so stark, dass Pincemin um das Verdeck seines Wagens zitterte. Marie und ihre Schwester hatten sich hinten zusammengekauert, unter einer Pferdedecke voll pikender Strohhalme, die gut roch. Marie sah Pincemin von der Seite an. Hin und wieder stieß sie ihre Schwester mit dem Ellbogen in die Rippen, weil sich an der Nasenspitze des Onkels ein Tropfen bildete, einen Moment zitterte, um schließlich in den bereits feuchten Schnurrbart zu fallen.

»Eure Tante wartet auch auf uns«, sagte er, als verspreche er ihnen Schokolade.

»Geht es ihr gut?«

»Abgesehen von ihren Krampfadern ... Aber nächste Woche soll ein Spezialist nach Bayeux kommen, vielleicht wird der etwas tun können?«

Tatsächlich trafen sie sich alle unter dem Vorbau des Friedensgerichts; dort zog es entsetzlich, und die Marie spürte, wie ihre Nase erneut zu kribbeln begann. Für den Anlass hatten alle wieder Trauerkleidung angelegt, außer Odile, die ihren Schleier in Cherbourg gelassen hatte. Der Himmel war fahl und tote Blätter wirbelten über den Platz, sodass man hätte meinen können, es sei Allerheiligen.

»Odile ist natürlich volljährig«, verkündete Pincemin, nachdem er seiner Frau einen Blick zugeworfen hatte. »Ich werde Vormund der vier anderen sein, und Boussus Gegenvormund ...«

Er sagte das, wie wenn man einen Besuch macht und beim Klingeln mahnt: »Dass du mir nur nicht in der Nase bohrst ...«

Es war alles ausgemacht! Man musste nur noch unterschreiben! Pincemin stieß schon die Tür auf, als die Marie verkündete: »Ich brauche keinen Vormund ...«

»Doch! Doch! Du bist siebzehn und ...«

»Nein, Onkel. Ich bin seit drei Tagen achtzehn ... Ich will für mündig erklärt werden, wie die Berthe.«

»Wer ist denn die Berthe?«

»Ein Mädchen aus Port. Sie hat es mir erklärt ...«

Es fehlte nicht viel und sie wären handgreiflich geworden. Pincemin war rot vor Zorn. Seine Frau zitterte vor Entrüstung.

»Ein anständiges Mädchen braucht nicht für mündig erklärt zu werden ...«

»Und ich brauche kein anständiges Mädchen zu sein ... Kommst du, Odile?«

Sie zog sie in das Gebäude hinein, in dem leere Bänke standen wie in der Kirche, die nackten Wände waren grünlich gestrichen, und hinter einer Art erhöhten Theke war ein Mann, der Papiere ordnete.

Boussus und die Pincemins kamen ebenfalls herein, sie rannten hinter den beiden Schwestern her.

»Hör zu, Marie ... Odile! Du bist doch gescheiter als sie.«

Der Ort war weder feierlich noch einschüchternd.

»Entschuldigen Sie, Monsieur«, sprach Marie den Mann mit den Papieren an. »Könnten Sie mir wohl sagen, wo ich einen nicht zu teuren Anwalt finde?«

Zum Glück waren sie früh dran! So konnten sie ihre Angelegenheiten bereden, ohne jemanden zu stören. Beinahe hätte Marie von Pincemin eine Ohrfeige bekommen, doch seine Frau hielt ihn gerade noch zurück.

Es kamen Leute herein, erst ein kahlköpfiger Mann, der sich in eine Ecke setzte und wartete, bis er an der Reihe war, dann zwei Marktfrauen, die im hinteren Teil des Raumes stehen blieben.

Auf einem Flur, der noch schmutziger und noch kälter war als das Gericht, fand Marie einen Anwalt in schwarzer Robe, noch ganz jung, mit einem Oberlippenbärtchen wie Charlie Chaplin.

»Also … Ich hätte gern, dass Sie mit mir kommen und mich für mündig erklären lassen … Wie viel nehmen Sie dafür?«

Und nun redete der Anwalt mit den weiten Ärmeln mit Pincemin und Boussus und bemühte sich, sie zu beruhigen. Er hatte Marie versprochen, ihr nur 50 Franc zu berechnen.

Man hörte den Lärm der Straße, aber von weit her; mal war einem kalt, mal zu warm; man wusste nicht, wohin man sich setzen sollte. Die Bänke waren für Tante Pincemin zu klein. Boussus hatte Schnecken gegessen und war durstig, er wäre gern etwas hinausgegangen, um ein Gläschen zu trinken.

Schließlich kam ein Herr mit gelben Zähnen und höflichem Gesicht, der sich an die Theke setzte, und der Anwalt erklärte ihm mit Blick auf die Marie, worum es ging.

Die anderen Kinder, Joseph, Hubert und die Schnecke, waren nicht da, aber es war auch von ihnen die Rede. Man rief Pincemin auf, dann Boussus. Man sprach leise. Neue Klienten nahmen auf den Bänken Platz und versuchten zu verstehen, was vor sich ging.

»Mademoiselle Le Flem …«

Odile trat vor.

»Sie heißen Marie Le Flem?«

»Nein, ich bin Odile …«

Marie ging hin.

»Sie wollen für mündig erklärt werden? Sie sind achtzehn Jahre alt, wie der Auszug aus dem Personenstandsregister bezeugt …«

»Und ich möchte die Vormundschaft für die Schnecke übernehmen ...«, erklärte sie und schaute ihre beiden Onkel und die Tante herausfordernd an. »Meine Schwester könnte Vormund für die Jungen sein ...«

Von alldem war nie die Rede gewesen. Der Gerichtsschreiber kam nicht mehr mit. Man las in den Papieren nach. Man holte andere hervor. Pincemin bekam vor dem Richter kein Wort heraus und stieß seine Frau an, damit sie redete.

Die Marie folgte ihrem Anwalt mit dem Blick von jemandem, der beim Rennen gewettet hat und nun seinem Pferd nachschaut, das sich auf die Rennbahn zubewegt. Sie ging sogar hin und flüsterte ihm zu: »Lassen Sie bloß meine Tante nicht die Oberhand behalten ... Ich gebe Ihnen fünfundzwanzig Franc mehr ...«

Eine halbe Stunde später war es vorbei. Das heißt, es blieben noch eine Menge Formalitäten zu erledigen, aber die Marie war so gut wie mündig.

»Komm!«, sagte sie zu ihrer Schwester und nahm sie am Arm.

Und sie ging hocherhobenen Kopfes hinaus, ohne sich von der Familie zu verabschieden. Als sie draußen waren, schaute sie auf die Kirchturmuhr und erklärte: »Wir haben noch Zeit, Gebäck essen zu gehen, bevor der Bus fährt ...«

Sie aßen Gebäck, stiegen in den schlecht beleuchteten Autobus und setzten sich ganz nach hinten. Odile fragte: »Warum hast du das getan?«

»Weil!«

»Hast du gehört, was sie gesagt haben? Wir dürfen

nichts verkaufen, nichts aus dem Haus oder vom Schiff nehmen, bevor …«

»Und wenn schon!«

Als sie an der Kirche von Port-en-Bessin vorbeifuhren, bekreuzigte sich die Marie und schaute flüchtig zum Friedhof hinüber. In diesem Moment traf sie von hinten das Scheinwerferlicht eines Autos, doch es überholte den Bus nicht, bevor sie am Kai ankamen, und die Marie drehte sich nicht um.

»Wir gehen nach Hause«, beschloss sie.

Sie gingen über die Drehbrücke, betraten ihr Haus, in dem es kalt war, und Odile suchte, bevor sie den Mantel auszog, nach einer alten Zeitung, um Feuer zu machen.

»Hast du was zu essen?«

»Ich habe Heringe …«

»Guten Appetit … Ich muss ins Café. Der Wirt behauptet, ich sei immer auf Achse … Was der wohl meint!«

*

Das Auto hatte den Bus nicht überholt, weil es bei den ersten Häusern der Stadt angehalten hatte.

»Um wie viel Uhr kommt dein Vater nach Hause?«, hatte Chatelard gefragt.

Und Marcel, den Arm in der Schlinge, hatte auf das Wasser im Hafenbecken geschaut.

»Mit der Flut … Nicht vor neun oder zehn Uhr …«

»Dann geh nach Hause und sag nichts … Verstehst du? Wenn er um zehn nicht zu Hause ist, gehst du ins Bett, wie wenn nichts wäre …«

Chatelard schaute zu, wie der Junge verlegen und ungeschickt ausstieg, ohne zu wissen, was er sagen, wie er sich bedanken sollte.

»Geh schon, dass die Leute dich nicht sehen ...«

»Ich will Ihnen ...«

»Ja, ein anderes Mal ... Gute Nacht!«

Er drückte aufs Gas. Er hatte eigentlich vor umzukehren. Aber er fuhr doch bis ans Ende des Kais, am Café de la Marine mit den cremefarbenen Vorhängen vorbei. Er legte den Rückwärtsgang ein, wendete. Statt jedoch gleich wieder loszufahren, stieg er aus und ging ein paar Schritte über den Gehsteig.

Am zweiten Fenster hing ein Vorhang etwas schief, und man konnte durch den Spalt hineinsehen.

Chatelard ging einmal am Fenster vorbei, zweimal, konnte in der verrauchten Luft jedoch nur ein paar bläuliche Gestalten erahnen. Schließlich ging er näher heran. Und da er Maries weiße Schürze nicht erkennen konnte, beugte er sich vor und drückte die Stirn an die Scheibe, nachdem er sich vergewissert hatte, dass niemand kam.

Er hatte nach rechts und nach links geschaut, es war niemand auf dem Gehsteig. Doch er hatte versäumt, hinter sich zu schauen, und die Marie, die gerade über die Drehbrücke kam, blieb mit einem Schlag stehen, als sie ihn sah.

Nicht dass sie erstaunt gewesen wäre. Nein! Es war wie die Einlösung eines Versprechens, eine Freude, die ihr nur etwas früher zuteilwurde, als sie gedacht hatte. Sie lächelte, ein Lächeln, das frei war von Ironie und auch keinen Triumph ausdrückte. Im Gegenteil, sie war plötzlich von einem gewissen Ernst erfüllt, vielleicht von Wehmut.

Er dagegen schaute noch immer hinein! Er sah sie nicht! Da sich jedoch ein Teil des Raumes seinem Blick entzog, wartete er, in der Annahme, dass die Marie aus dieser Ecke hervorkommen würde. Er sah die Alten an ihrem Tisch, den Wirt, der am Knopf des Radios drehte, denn es war Zeit für die Nachrichten.

Die Marie hatte keinen Plan. Sie fragte sich sogar, ob sie nicht nach Hause laufen sollte, um ihrer Schwester zuzurufen: »Er ist da!«

Doch dann traf sie eine Entscheidung. Sie zog ihren Mantel fester um sich, ging im schnellen Schritt von jemandem, der es eilig hat, über die Straße, als habe sie weder Chatelard noch das Auto gesehen. Sie öffnete die Tür des Cafés und rief: »Désiré! Désiré!«

Désiré war ein kleiner Junge, der Sohn einer Putzfrau, den man immer auf Botengänge schickte.

»Ist Désiré nicht da …?«

Sie blieb in der Tür stehen, Chatelard den Rücken zugekehrt, und redete ins Café hinein, doch allein für ihn.

»Lauf schnell zu mir nach Hause, Kleiner … Da wirst du meine Schwester Odile antreffen. Sag ihr, dass ich erst um zehn zurück sein werde.«

Sie schloss die Tür hinter sich, lächelte in die Runde und verkündete froh: »Ich bin jetzt volljährig, mündig, wie sie sagen …!«

Sie hätte sich gern umgedreht, traute sich aber nicht. Jedenfalls wusste Chatelard jetzt, dass Odile in ihrem

Haus an der Klippe war und dass die Marie um zehn Uhr heimgehen würde.

Sie öffnete den Schrank im hinteren Teil des Cafés, zog den Mantel aus und band sich ihre Schürze um.

»Was soll's denn sein, Großvater?«

»Ich habe schon getrunken ...«

»Macht nichts ... Das geht auf mich.«

Der Mann mit seinen blauen Kinderaugen war der beste Alte der Welt. Marie war mit seiner jüngsten Tochter in die Schule gegangen, er hatte dreizehn Kinder.

Sie durfte sich nur nicht zum Fenster umdrehen. Sie musste tun, wie wenn nichts wäre. Schließlich ging die Tür auf. Der Junge kam zurück.

»Was hat sie gesagt?«, fragte ihn die Marie mit einem leichten Lächeln.

»Nichts hat sie gesagt ...«

Bei Gott! Odile hatte sich sicher gefragt, warum man ihr diese Nachricht überbrachte! Hoffentlich fiel es ihr nicht ein herzukommen, um es sich von der Marie erklären zu lassen!

»Auf Ihr Wohl, Großvater!«

Und dieser brummte: »Die Mündigkeit scheint dir ja gut zu bekommen, Mädchen ...«

Sie lachte. Er lachte. Einfach so. Weil sie beide froh waren, ohne Grund! Die Marie sammelte die schmutzigen Gläser ein, wischte die Tische ab, stieg über die Stiefel der Gäste, die die Angewohnheit hatten, die Beine von sich zu strecken und den Weg zu versperren.

»Ich habe Ihr Gebäck schon wieder vergessen!«, sagte sie munter, als sie in die Küche trat, denn sie hatte der

Wirtin versprochen, ihr aus Bayeux welches mitzubringen. »Fein! Es gibt Stockfisch!«

So viel hatte man sie noch nie an einem einzigen Tag reden hören. Man schaute sie an. Aber man versuchte nicht zu verstehen.

Erst viel später öffnete die Marie unter dem Vorwand, draußen einen Aschenbecher auszuleeren, die Tür und sah, dass das Auto noch an seinem Platz stand; aber Chatelard war verschwunden.

7

Er hatte noch nie irgendeine Ähnlichkeit zwischen den beiden Schwestern bemerkt, und doch meinte er, Maries Stimme zu hören, die rief: »Herein!«

Es war aber nicht die Marie, sondern Odile, die dachte, eine Nachbarin käme zu Besuch, und weiter mit dem Rücken zur Tür vor dem Feuer kauerte, in der Hand einen Rost, auf dem ein Hering brutzelte. Sie trug eine schwarze Schürze, die sie in einem Schrank gefunden hatte, und rote Hausschuhe über schwarzen Wollstrümpfen. Die Flammen ließen ihr Haar rötlich schimmern. Chatelard blieb an der Tür stehen, ergriffen, als erhasche er gerade einen Blick auf Maries Privatleben.

Es war zwar nicht die Marie. Aber es war ihre Schwester! Und von hinten sahen sie sich zum Verwechseln ähnlich! War das nicht auch eine der Marie vertraute Pose, waren es nicht ihre Schürze, ihre Strümpfe, ihre Hausschuhe?

»Was ist denn?«, murmelte Odile.

Dann erst bewegte sie sich, drehte den Kopf und richtete sich schließlich erschrocken auf, den Rost immer noch in der Hand.

»Henri …!«

Das war sein Vorname, doch er wurde nie gebraucht,

sodass die beiden Silben der Szene eine gewisse Feierlichkeit verliehen.

»Bring mich nicht um, ja …? Henri! Ich will dir erklären …«

Er lachte kurz auf, allerdings nicht sehr fröhlich, und ging auf sie zu, tätschelte ihre Schulter.

»Bist du dumm!«, sagte er.

Sie begriff, dass er nicht zornig war, und fragte sich, warum er dann gekommen war.

»Bringst du mir meine Sachen zurück?«

»Daran habe ich ehrlich gesagt nicht gedacht …«

Und er zeigte auf die Baumwollsatinschürze: »Gehört die deiner Schwester?«

»Ja …«

Sie wusste nicht, was sie tun sollte. Da sie sah, wie er suchend um sich blickte, fragte sie vorsichtig: »Willst du dich setzen?«

Sie schob ihm einen mit grobem Stroh bespannten Stuhl hin. Dann merkte sie, dass sie noch immer den Rost in der Hand hielt: »Hast du gegessen?«

»Nein …«

»Möchtest du mit mir Hering essen?«

Es war vollkommen improvisiert. Nähzeug lag über den halben Tisch verteilt. Odile stellte Teller und Besteck auf die andere Hälfte und öffnete die Tür zum Hof.

»Wohin gehst du?«

»Cidre zapfen.«

Sie füllte einen Steinkrug, wie man es früher im Haus jeden Tag getan hatte, zu jeder Mahlzeit. Sie legte etwas Holz nach, um das Feuer wieder anzufachen.

»Magst du Schalotten dazu?«

Als wäre es das Natürlichste der Welt, kümmerte er sich darum, den Docht der Lampe nachzuregeln. Er fühlte sich wohl, immer noch leicht ergriffen, von einer zarten, warmen Freude erfüllt. Sein Blick blieb an allem hängen, auch an einem Nachthemd, das auf dem roten Federbett lag.

»Hier schläfst du also mit deiner Schwester?«

»Bis ich nach Paris gehe … Ich werde dort eine Stelle als Kammerzofe finden … Gut durchgebraten …? Du isst doch sicher zwei?«

Sie wusste immer noch nicht, warum er gekommen war, und das machte sie neugierig. Er war so liebenswürdig, dass sie sich beinahe fragte, ob er nicht ohne sie leben konnte und sie zurückholen wollte. Sie kannte so einen Mann, einen Bekannten von Chatelard, der in der Versicherungsbranche arbeitete. Er hatte eine Geliebte, die schielte und ihn bei jeder Gelegenheit betrog. Er wusste es, aber er war so sehr an sie gewöhnt, dass er nicht mehr ohne sie leben konnte und sich damit begnügte, sie von Zeit zu Zeit zu schlagen.

»Hast du dein Auto auf der anderen Seite der Brücke gelassen?«

Sie zögerte etwas, bevor sie Platz nahm, aber schließlich saßen sie beide im Schein der Lampe am Tisch, zwei golden leuchtende Cidregläser vor sich.

»Um wie viel Uhr kommt denn deine Schwester nach Hause?«

»Um zehn … Nicht immer auf die Minute genau …«

»Hat sie einen Liebsten?«

Als er das sagte, warf er einen gezielten Blick zum Bett hinüber, was Odile missverstand.

»Jedenfalls kommt er nicht hierher!«, verwahrte sie sich.

»Also hat sie einen …«

Da fiel bei ihr endlich der Groschen. Er war wegen Marie da! Als er sie gebeten hatte, diese nach Cherbourg kommen zu lassen, hatte sie erraten, dass er ein Auge auf sie geworfen hatte, aber sie hatte geglaubt, dass das so ein Verlangen war, wie es ihn von Zeit zu Zeit überkam und das nicht lange anhielt.

Die Ellbogen auf dem Tisch, die Lippen ölig, die dicklichen Finger unter dem Kinn verschränkt, schaute sie in die gelbe Flamme der Lampe und meinte: »Sie muss sicher einen haben … Sonst hätte sie mir nicht gesagt, was sie gesagt hat … Aber ich komme beim besten Willen nicht darauf, wer es sein könnte …«

»Was hat sie denn gesagt?«

Er zündete sich eine Zigarette an und lehnte sich in seinem Stuhl zurück. Zwei Jahre hatten sie zusammengelebt, und dies war wahrscheinlich das erste Mal, dass zwischen ihnen echte Vertrautheit herrschte. Die Wärme des Kaminfeuers war fast greifbar. Es roch gut nach gebratenem Hering und verbranntem Holz. Draußen hörte man nur das eintönige Branden der Wellen. Und Odile redete, so wie früher, als sie in diesem Haus gelebt hatte, genauso wie sie mit ihrer Schwester redete, es sprudelte alles aus ihr heraus, was ihr durch den Kopf ging.

»Sie hat nichts Bestimmtes gesagt … Wir sprachen

von Paris, glaube ich. Ich habe sie gefragt, warum sie nicht mit mir nach Paris gehen will ...«

Sie war blonder als Marie, üppiger und weicher, unbestimmter in ihren Zügen und im Ausdruck.

»Warum schaust du mich so an?«, protestierte sie etwas verlegen, zumal sie mit dem »Du« gezögert und beinahe »Sie« gesagt hätte.

»Sprich weiter ...«

»Willst du mir nicht eine Zigarette geben?«

Das fragte sie wie ein Kind, so offenkundig versessen darauf, dass es rührend wirkte.

»Du sagtest, dass die Marie ...«

»Du bist doch hoffentlich nicht verliebt? Ich glaube nämlich, da wäre nichts zu machen ... Ich kenne meine Schwester ... Wenn die sich etwas in den Kopf gesetzt hat ... Wir nannten sie früher die Geheimniskrämerin, weil man nie wusste, was sie dachte ...«

»Du sprachst also mit ihr über Paris ...«

»Ja, ich meine, ich will ja nicht schlecht über die Cafés reden, aber in einem bürgerlichen Haus ist eine Frau doch immer besser aufgehoben ... Die Marie hat mir allerdings gesagt, sie würde niemals nach Paris gehen.«

»Warum nicht?«

»Das ist es ja! Sie besteht darauf, Port-en-Bessin nicht zu verlassen. Dann gibt es also etwas, das sie hier hält ... Ich könnte wetten, dass es ein Fischer ist. Aber ich weiß nicht, wer unter den jüngeren schon Besitzer eines Schiffes ist ... Vielleicht ist er es ja noch nicht und will beim Crédit Maritime ein Darlehen aufnehmen ... Das kommt vor ...«

»Hat sie gesagt, er habe ein Schiff?«

»Nicht direkt ... Bei der Marie weiß man nie so genau ... Dann haben wir von diesem und jenem geredet ... Sie will ein Haus am Hafenbecken, da, wo die zwei neuen stehen, genauso eins, mit einer Garage ... Es stört dich doch nicht, dass ich so daherschwatze?«

»Mit einer Garage ... Was noch?«

»Ein Auto natürlich! Um nach Bayeux ins Kino zu fahren, wenn ihr Mann zurück an Land kommt ... Vielleicht ist es ja der junge Bauché ...? Das ist der Sohn der Lebensmittelhändlerin, aber sie haben Anteile an Schiffen ...«

»Hast du noch ein bisschen Cidre?«

Sie ging in den Hof, um den Krug aufzufüllen, und verkündete, als sie zurückkam: »Es fängt wieder an zu regnen ... Die Flut ist sicher auf dem Höchststand ...«

Sie machte ihren Faden nass, zwirbelte ihn zwischen den Fingern und hielt die Nadel zum Einfädeln vor die Lampe.

»Woran denkst du?«, fragte sie, als sie bemerkte, dass ihr Gegenüber nachdenklich geworden war. »Hattest du es wirklich auf meine Schwester abgesehen?«

»Bist du sicher, dass sie nicht vor zehn zurückkommt?«

»Das tut sie nie ... Du kannst ruhig bleiben ... Wie spät ist es denn?«

»Kurz nach neun ...«

Sie hatte ihn noch nie so ruhig gesehen. Normalerweise blieb er keine Viertelstunde auf dem gleichen Stuhl sitzen, spielte mit allem herum, was ihm in die

Hände fiel. Hier aber war es, als fühle er sich zu Hause, als entspanne er sich, glücklich und vertrauensvoll, im Frieden mit sich selbst.

»Habt ihr immer im selben Haus gelebt?«, fragte er.

»Ja ... Wir sind alle hier geboren ...«

In diesem großen Bett mit dem roten Federbett, jawohl! Und wahrscheinlich war es auch noch dasselbe Federbett!

»Woran denkst du? Bist du mir noch böse?«

»Weswegen?«

»Du weißt doch ... Ich wusste ja nicht einmal, dass er ...«

»Nein!«

»Was denn?«

»Sprich nicht davon, ich bitte dich ... Es ist zu dämlich, verstehst du?«

»Genau das sage ich ja ...«

»Dann brauchen wir nicht darüber reden ... Ich bin dir nicht böse. Ich bin nicht einmal unglücklich, dass es passiert ist ...«

»Weil du mich jetzt los bist?«

»Darum und aus anderen Gründen ... Versuch nicht, es zu verstehen ... Und wenn du mir jetzt einen Gefallen tun willst, dann sag deiner Schwester nicht, dass ich da war ...«

Sie schaute auf die schmutzigen Teller, das Besteck und seufzte: »Dann muss ich jetzt schnell das Geschirr spülen ...«

»Tu das! Und wenn du ein bisschen Geld brauchst ...«

»Nun ja, im Moment lebe ich vom Geld der Marie ...«

Er zog einen Tausend-Franc-Schein aus seiner Brieftasche und legte ihn in die Blechdose mit den Garnspulen, Fingerhüten und Knöpfen.

Dann stand er steifbeinig auf.

»Kommst du mich wieder besuchen?«, fragte Odile und stand ebenfalls auf, um Wasser aufzusetzen.

»Ich weiß nicht …«

»Und schickst du mir auch wirklich meine Sachen zurück? Mein grünes Kleid ist noch in der Reinigung … In der Rue du Maréchal Pétain … Warte! Ich gebe dir den Abholzettel.«

Er wartete geduldig, steckte den Abholzettel ein. Er hatte immer noch sein rätselhaftes Lächeln auf den Lippen, und Odile, die das Bedürfnis verspürte, nett zu ihm zu sein, beugte sich vor und küsste ihn auf die Wange, als er die Tür öffnete.

»Auf Wiedersehen! Ich bin unglücklich, dass ich das getan habe, weißt du …«

Es war Zeit, dass die Tür sich wieder schloss. Sie weinte vor Rührung, sie weinte über sich selbst, über das, was sie getan, über alles, was sie verloren hatte. Sie schniefte, denn sie hatte kein Taschentuch bei der Hand, sie suchte nach der Wanne zum Geschirrspülen und stammelte: »Es ist aber auch seine Schuld …«

Sie wusste nicht recht warum, aber sie vermochte sich einfach nicht schuldig zu fühlen. Es war einfach zu dumm gelaufen. Am Bett eines Kranken sieht man sich nicht vor … Marcel hatte Fieber … Er redete von der Marie, und dann hatte eins zum anderen geführt …

»Was hast du denn?«

Sie zuckte zusammen. Die Marie stand da, das Haar mit feinen Wassertropfen bedeckt, und durch die Tür wehte kalte Luft herein.

»Nichts habe ich ... Ich bin traurig ...«

»Was hat er dir gesagt?«

Odile vergaß ihr Versprechen und antwortete arglos: »Nichts hat er gesagt ... Doch! Dass er mir nicht böse ist und mir meine Sachen zurückschicken will ...«

Marie hatte die beiden schmutzigen Teller gesehen, die Heringsskelette, die Gläser. Sie warf ihren Mantel aufs Bett und ließ ihre Holzschuhe über den Boden rollen.

»Weißt du, wo er jetzt ist?«

»Nein ... Er wird nach Cherbourg zurückgefahren sein.«

»Er steht auf der Mole, ganz allein in der Nacht, in Wind und Regen ...«

Odile verstand nicht warum, sie schaute ihre Schwester erstaunt an, und die Marie fragte weiter: »Und was hast du ihm gesagt?«

»Ich weiß nicht mehr ... Dass du nicht nach Paris willst ... Dass du lieber deinen Fischer heiraten willst ... Wer ist es denn?«

Chatelard stand tatsächlich auf der Mole, ganz am Ende bei der Durchfahrt, wo das Meer mit jeder Flutwelle um mehrere Meter anschwoll, wie ohnmächtig wieder abfiel und von vorne begann. Vom Land her war das Getöse der Wellen zu hören, die unablässig in zwei oder drei Reihen gegen die Klippen brandeten.

In der dunklen Nacht konnte man fast nichts sehen. Fünf Lichter, mehr nicht, darunter eines am oberen

Ende der Straße, in der die beiden Mädchen wohnten, da, wo das Pflaster übergangslos den Feldern wich. Ein Licht bei der Brücke. Und die beiden Blinklichter, eins über dem anderen, die die Durchfahrt markierten.

Ein Schiff kam herein, das schnelle Rattern seines Motors glich dem Puls eines angestrengten Herzens. Es hob sich in der engen Durchfahrt mit den Wellen, und einen Moment lang sah es aus, als würde es gegen den Molenkopf prallen. Doch im nächsten Augenblick lag es schon im toten Wasser des Vorhafens, ließ die Sirene heulen, nur ganz leicht, wie um die Stadt nicht zu wecken, und man hörte den Mann von der Drehbrücke seine Kurbel betätigen.

Ein weiteres Schiff kam vom offenen Meer heran. Hin und wieder sah man sein rotes Licht aufleuchten, und bald hörte man auch sein Schnauben.

So …! Chatelard blieb nichts anderes mehr übrig, als zu gehen … Die Pflastersteine unter seinen Füßen fühlten sich weich an, denn auf der Mole hatte man Netze ausgebreitet.

Bei den beiden Schwestern war noch immer Licht, das einzige Licht in der steilen Straße. Um über die Brücke zu gehen, musste er nun warten, bis das zweite Schiff hereingefahren war. Der Brückenwärter, ganz steif in seinem Ölzeug, blickte Chatelard, den er nicht kannte und der plötzlich aus der Nacht auftauchte, erstaunt an. Chatelard bat ihn um Feuer. Ihre Gesichter näherten sich einander, doch sie wechselten keine weiteren Worte.

Das zweite Schiff fuhr vorbei, ein paar Gestalten standen an Deck. Chatelard konnte zu seinem Wagen zurückkehren, sich ans Steuer setzen, ohne rechte Überzeugung den Startknopf ziehen. Er wünschte beinahe, die Batterie wäre leer, doch sie funktionierte. Der Motor sprang an. Er legte den Gang ein, ließ die Kupplung kommen, fuhr am Hafenbecken entlang und tauchte langsam in die Landschaft ein.

*

Sie waren sieben an Bord, und vier Frauen waren lautlos, wie Mäuse, aus der schlafenden Stadt gekommen. Sie standen reglos und durchgefroren am Rand des Kais und beugten sich zu den Lichtern des Schiffs hinunter, zu den Männern, die mit Tauen hantierten und hin und wieder aufblickten.

In den acht Tagen, die sie auf See verbracht hatten, waren ihre Bärte gewachsen. So nah am Land, dass eine Flanke des Schiffs es schon berührte, bewegten sie sich noch immer mit dem Ernst und der Schwere einer anderen Welt; so nah bei ihren Frauen, die sie von unten sahen, in ihre Umschlagtücher gewickelt, machten sie das Schiff klar, rollten Taue auf, schlossen Klappen und Luken, und nicht einer dachte daran, vor den anderen die in den Stein des Kais eingelassene Eisenleiter hinaufzusteigen.

Doch es wurden Worte gewechselt, von oben nach unten und von unten nach oben. Die einen meldeten die Zahl der Fischkisten, die anderen den Kurs vom Vortag und den Fang der bereits eingelaufenen Kutter.

Viau brauchte den Mund nicht aufzutun, denn für ihn war niemand da. Als es so weit war, ging er zum Spill, um sich seinen Anteil Fisch zu holen, ein paar beschädigte Wittlinge, die er weit von sich weghielt, als er über den Kai ging.

Wie immer stampfte er auf dem Gehsteig mit den Füßen, damit der Dreck von seinen Stiefeln abfiel. Dann schloss er die Tür auf, drehte den Lichtschalter an und schaute als Erstes, ob noch etwas Glut im Ofen war.

In anderen Häusern tat man wohl dasselbe. Er öffnete den Schrank, fand ein kaltes Kotelett und einen Teller gekochte Kartoffeln, die er nur auf dem Ofen aufzuwärmen brauchte.

Er ging schweigend hin und her, denn er war in der Küche allein. Er gab sich keine Mühe, leise zu sein, da seine Tochter ja taub war. Das war der einzige Vorteil ihres Gebrechens!

Er schürte das Feuer. Er stellte einen Teller und Besteck auf das Wachstuch, das auf dem Tisch lag. Er briet zuerst die Kartoffeln, doch als die Butter gerade braun wurde, erstarrte er plötzlich, denn sein Blick war auf etwas gefallen, das auf einer Stuhllehne hing, etwas weiches, dunkles: eine Jacke.

Die Tür zum Schlafzimmer stand wie immer halb offen, wegen der Wärme. Mit gerunzelter Stirn und argwöhnischem Blick ging Viau hinein, ohne Licht zu machen. Es war nicht stockdunkel, da es aus der Küche herüberschimmerte.

Er trat auf eines der Betten zu, in dem jemand lag, starrte auf das Gesicht seines Sohnes und begriff, da es manchmal zuckte, dass dieser nicht schlief, sondern sich schlafend stellte.

Tatsächlich zitterte Marcel unter den Laken vor Aufregung, vor Angst. Er zitterte, seit er den Lärm der Stiefel auf der Schwelle gehört hatte, und jetzt hielt er den Atem an.

Sein Vater sagte kein Wort, rührte ihn nicht an. Er kehrte um und ging zurück in die Küche, um sich weiter um das Essen zu kümmern. Die Kartoffeln waren etwas angebrannt. Dann roch es nach Fisch.

Schließlich erklang ein Hüsteln, dann ein paar Worte: »Willst du nicht etwas mit mir essen, Marcel?«

Im Vorhafen verlangte ein drittes Schiff Einfahrt. Und die Marie erklärte im Dunkeln: »Wenn du mir nicht mehr Platz lässt, gehe ich zurück in mein altes Bett!

8

Es geschah immer häufiger, und Émile, der Kellner, erkannte die unfertige Zeichnung inzwischen von weitem. Wie immer sprachen Leute Chatelard an; Kameraden, Gäste luden ihn auf ein Gläschen ein, und er setzte sich bereitwilliger als früher zu ihnen an den Tisch.

Er hörte wohl nicht viel von dem, was man ihm erzählte, denn er kramte stets bald einen Bleistiftstummel aus einer seiner Taschen hervor und begann zu zeichnen, immer dasselbe, immer auf die gleiche Art.

Zuerst kam ein nach oben offener Kreis, aus dem unten eine Art Gang hervortrat, der zu einem Viereck führte.

Wäre einer der Kellner noch zwei Monate zuvor so achtlos gewesen, eine derartige Zeichnung auf dem Marmor eines Tisches stehen zu lassen, und sei es nur für fünf Minuten, nachdem der Gast gegangen war, hätte er ein Donnerwetter erlebt, gekrönt vom traditionellen »Sie meinen wohl, Sie sind hier in einer kleinen Manillespieler-Kaschemme …«.

Um die Wahrheit zu sagen, hatte Émile die Zeichnungen nicht verstanden. Madame Blanc ebenso wenig. Zumal an manchen Stellen eigenartige Zirkumflexe hinzukamen, von denen man nicht ahnen konnte, dass sie Häuser darstellten. Das Ganze war Port-en-Bessin, mit seinem Vorhafen, seinem Kanal mit der Drehbrücke und seinem Hafenbecken.

Chatelard war nicht weiter stolz darauf. Er wirkte abgeschlafft, und man hatte schon lange keinen seiner knatternden Wutausbrüche mehr erlebt.

Man konnte auch nicht sagen, dass er trank. Sein Onkel, sein Vorgänger, ja, der war ein Trinker gewesen, ein Mann, der sang- und klanglos, mal mit den einen, mal mit den anderen, seine zwanzig Aperitifs am Tag trank, von den Verdauungsschnäpsen ganz zu schweigen.

Früher trank Chatelard Mineralwasser. Jetzt wechselte er ab, er trank Bier, Wein, Portwein, da kam einiges zusammen.

Gleichwohl war er nicht betrunken, als er sich Madame Blanc vornahm. Es war am Abend, das Café wurde gerade geschlossen. Sie machte ihre Kasse fertig, stapelte das Geld zu kleinen Türmchen, die sie dann in Papier einrollte. Er schaute ihr ironisch zu, wie sie ihre kleinen Münzrollen herstellte, als schaute er einem Greis beim Spielen mit Kirschkernen zu.

»Sagen Sie mal, Madame Blanc ...«

»Ich höre, Monsieur Chatelard ...«

»Als Sie geheiratet haben ...«

Sie blickte ruckartig auf, denn das Wort überraschte sie und weckte in ihr alle möglichen Assoziationen.

»... oder vielmehr, bevor Sie geheiratet haben, bevor Sie Ihren Mann kannten, was wollten Sie da heiraten?«

Sie hatte zwar gut zugehört, runzelte jedoch die Stirn: »Was ich heiraten wollte? Ich verstehe nicht ...«

Er stand vor ihr und stützte die Ellbogen vertraulich

auf die Kasse, während die Kellner sich im leeren Café zu schaffen machten, in dem noch der Rauch der Pfeifen und Zigaretten des Tages hing.

»Ja ... Manche wollen einen Ingenieur, einen Arzt heiraten, andere einen Postboten ... Was war es bei Ihnen?«

Sie strengte sich aufrichtig an, um in die Vergangenheit zurückzublicken, doch es war vergeblich.

»Na ja, ich weiß nicht recht ... Ich fand die Offiziere ganz schick, aber deshalb einen heiraten ...«

»Gut! Sie waren also nicht entschieden ... Dann sagen Sie mir, wie Sie sich die Zukunft vorstellten ...«

»Ich versichere Ihnen, Monsieur Chatelard, ich ...«

»Sie haben sich die Zukunft doch irgendwie vorgestellt, zum Donnerwetter! Jeder Mensch stellt sich die Zukunft vor! Wollten Sie auf dem Land leben, in einem kleinen Haus mit Hühnern und Schweinen?«

»Nein ...«

»Wollten Sie ein Schloss mit dreißig Dienstboten oder eine Metzgerei mit einem Metzger als Mann?«

Sie lachte, doch er blieb ernst.

»Verstehen Sie jetzt, was ich meine? Manche wollen ein kleines rosa Haus mit einer Garage und einer gekachelten Küche ...«

»Das war für mich nicht wichtig«, seufzte Madame Blanc. »Als ich meinen Mann geheiratet habe, war er Croupier, und wir haben jede Saison die Stadt gewechselt ...«

»Ach! Sie haben einen Croupier geheiratet?«

Das stimmte ihn nachdenklich. Er beobachtete die Kassiererin aus den Augenwinkeln.

»Er ist es nicht mehr«, seufzte sie, »wegen seinem Sodbrennen. Verstehen Sie, ein Croupier kann nicht …«

»Natürlich!«

»Jetzt ist er Nachtwächter, sodass …«

Nein, er war nicht betrunken, doch der Blick, den er durch den Saal schweifen ließ, in dem sich die Stühle stapelten, wirkte glasig, und schließlich fragte er rundheraus: »Widert es Sie denn nicht an, Ihr Leben lang Leute zu bedienen und sie dankend zur Tür zu geleiten?«

»Aber Monsieur Chatelard …«

»Ich frage mich, ob es mich nicht anwidert …«

Daraufhin ließ er sie stehen und ging mit tatsächlich angewidertem Ausdruck hinauf, wo er sich in seinem Zimmer allein wiederfand und sich vor dem Spiegelschrank auszog.

Am nächsten Tag nahm er sich den Kellner vor, der aussah wie der Präsident der Republik. Dieser war recht schüchtern und zuckte zusammen, als der Wirt vor ihm auftauchte und ihn argwöhnisch fragte: »Sind Sie eigentlich verheiratet?«

»Ja, Monsieur …«

»Warum?«

Chatelard belauerte seine Reaktionen, als wolle er ihm ein schwerwiegendes Geheimnis entreißen.

»Aber Monsieur …«

»Ist Ihre Frau hübsch?«

»Nun ja, früher, da war sie nicht übler als eine andere, aber mit fünf Kindern …«

Chatelard wiederholte ernst: »Ja, mit fünf Kindern …«

Und er machte auf dem Absatz kehrt und ließ den verdatterten Kellner stehen, der sich fragte, ob er richtig geantwortet hatte.

Chatelard wirkte wie ein Mann, der sich langweilt, der alles ohne rechte Überzeugung tut, als betrachte er sein eigenes Leben von außen. Sogar wenn er, die Hände in den Taschen, auf den Kai ging und die Schiffe beobachtete … Sprach man ihn an, zuckte er überrascht, fast erschrocken zusammen.

Émile sah an diesem Tag zweimal, wie er sich hinter der Theke bückte und ein Gläschen hinunterkippte, sodass der Zwischenfall am Abend ihn nicht weiter erstaunte.

Es war kein großer Zwischenfall, doch er war für jeden, der das Gastgewerbe ein wenig kennt, symptomatisch. Es war eben Émile, der Dienstälteste unter den Kellnern, bei dem ein griesgrämiger Gast eine Seezunge hatte zurückgehen lassen, weil sie nicht frisch sei. Émile hatte die Seezunge, wie es die Regel war, würdevoll entgegengenommen und war damit zu Chatelard gegangen, um sie seinem Urteil zu unterziehen. Chatelard saß gerade am Tisch gleich neben dem Tresen beim Essen.

»Was ist denn?«, fragte er.

»Ein Gast sagt, diese Seezunge sei nicht frisch …«

Wäre er dabei gewesen, seine Zeitung zu lesen, wie er es beim Essen bisweilen tat, hätte man seine Zerstreutheit verstanden. Aber nein! Er antwortete mit vollkommen unbeteiligter Miene: »Was soll ich da machen? Es ist nicht meine Schuld …«

»Seine auch nicht …«

»Was sagt er?«

»Er könne sie nicht essen.«

»Dann soll er es eben lassen … Ich kann ihn ja nicht dazu zwingen!«

Und er schaute weg. Er wirkte, als habe er abgenommen, aber vielleicht täuschte der Eindruck. Nicht zu übersehen war allerdings, dass er sich weniger pflegte, er rasierte sich nur noch jeden zweiten oder dritten Tag, kämmte sich auf die Schnelle und band sich nachlässig irgendeine Krawatte um.

Seine Freunde, die kleine Gruppe, die sich jeden Tag im Café traf, um vor der Belote-Runde über Geschäfte zu reden, behandelte er unwirsch, manchmal geradezu grob.

»Sieht aus, als hättest du Ärger …«

»Nein!«

»Du hast doch hoffentlich kein Geld in die Firma Stella gesteckt?«

Darauf kamen sie, weil das drei Jahre zuvor in Cherbourg gegründete Haus Stella gerade Bankrott angemeldet hatte.

Aber es war viel komplizierter! Vor lauter Nachdenken war sein Kopf ganz leer und dröhnte wie ein Kessel: eine Mole links, eine Mole rechts, die in der Mitte fast zusammenliefen und gerade mal ein Schiff hindurchließen … Zwei kleine Blinklichter übereinander, um die Durchfahrt anzuzeigen … Die Klippen auf beiden Seiten … Der Brückenwärter in seinem Ölzeug, der zu jeder Nachtzeit aus dem Schatten trat, um seine Kurbel zu drehen …

Er hatte Befehle gegeben: Wenn Dorchain anrief, sollte er stets zur Antwort bekommen, der Chef sei nicht da. Nach einer Weile änderte sich die Vorschrift. Man sollte ihm sagen: »Bleiben Sie, wo Sie sind, und machen Sie sich keine Sorgen …«

Und da der Dummkopf stur weiter jeden Tag anrief, ließ Chatelard ihm schließlich ausrichten: »Sch…!«

Émile und alle anderen beobachteten ihn und fragten sich, was sich da wohl ankündigte. In allen Ecken, im Anrichteraum, in der Küche wurde getuschelt.

An ihm nagte etwas, im wahrsten Sinne des Wortes, und das ging schon seit Tagen, seit Wochen so.

»Sagen Sie, Madame Blanc …«

»Ich höre, Monsieur Chatelard …«

Man redete inzwischen mit übertrieben sanfter Stimme mit ihm, wie mit einem Kranken.

»Unter uns, hat es Ihnen denn nichts ausgemacht, dass Ihr Mann Croupier war?«

Ehe sie antwortete, warf sie einen Blick zu Émile hinüber, der in der Nähe stand, als wolle sie ihm sagen: »Jetzt fängt er wieder davon an!«

*

Die Luft war kühler geworden, aber es regnete nicht allzu oft, und man hatte die Schaluppen für den Hering klargemacht, den man nur eine Meile vor den Molen fing.

An solchen Tagen ist immer viel los, denn mit jeder Tide laufen vierzig kleine Schiffe ein und aus. Während sie fischen, sieht man sie weit draußen eine bewegliche Insel auf dem Meer bilden, Seite an Seite, die braunen Segel von der gleichen Brise gebläht.

Danach kommen die Frauen, um den Fang zu begutachten und die Körbe fortzutragen, und die Männer sitzen, da sie Geld verdienen, öfter im Café.

Jeden Tag sagte Odile von neuem: »Irgendwann wirst du mich aber doch gehen lassen müssen …«

Und jeden Tag antwortete die Marie: »Bleib noch ein bisschen …«

Ihrer Schwester war das ganz recht. Sie ließ es sich gutgehen, allein in dem warmen Haus, wo sie erst gegen Mittag aufstand und höchstens eine kleine Katzenwäsche machte. Sie nähte. Nachdem die Unterwäsche fertig war, ließ die Marie sie ihr Monogramm sticken, und Odile schaffte es, beim Sticken einen Groschenroman zu lesen, den sie auf dem Tisch liegen hatte.

»Das kann nicht ewig so weitergehen«, seufzte sie. »Irgendwann muss ich doch wieder arbeiten.«

»Das hat Zeit …«

»Ich weiß, dass ich nicht viel ausgebe, aber ich sollte dir doch nicht so lange zur Last …«

Sie hatte mit dem Autobus ein großes Paket bekommen, das alle ihre Sachen enthielt, einschließlich des grünen Kleides, das Chatelard nicht vergessen und in der Reinigung abgeholt hatte. Aber es war kein Brief dabei. Und kein Geld. Immerhin hatte er ja, als er gekommen war, tausend Franc dagelassen!

Das Leben war eintönig wie der Winterhimmel. Die Leute hatten nicht viel zu erzählen außer den immer gleichen Geschichten von Fischern, die einen über den Durst getrunken hatten, von Frauen, die aus guten Gründen geschlagen worden waren, und von der alten Miraux, bei der immer irgendetwas vor sich ging …

Marcel fuhr nicht mehr nach Bayeux. Er arbeitete als Lehrling bei Jacquin, dem Schiffsmechaniker, und manchmal sah man ihn in einer blauen Latzhose und Wollschal um den Hals, wie er auf dem Deck eines Schiffes, das instand gesetzt wurde, mit Werkzeug hantierte. Obwohl er arbeitete, hatte sein Vater ihm verboten, das Café zu betreten, und er gehorchte.

Die Jeanne lag weiter am selben Platz vor Anker, frisch gestrichen, das Schleppnetz einsatzbereit an Deck, und Dorchain schlief an Bord, wie die Leute, die an Flussufern auf alten Schleppkähnen wohnen.

Abgesehen von seinem täglichen Telefonanruf hatte er nichts zu tun. Er hatte sich Angeln besorgt und stand damit stundenlang auf der Mole, bald auf der vorderen, bald auf der hinteren, je nach Windrichtung. Man machte sich über ihn lustig. Er ging nicht darauf ein und zog sich beleidigt zurück.

So flossen die Tage dahin wie Wasser aus einem Wasserhahn, genauso fade, genauso flüchtig. Außer den Gezeiten gab es nichts, was das Vergehen der Zeit anzeigte. Alle Welt hatte sich daran gewöhnt, die Marie im Café de la Marine zu sehen, und ihrerseits wusste sie, wer um wie viel Uhr kam und was er trank, sie kannte die, die vom Alkohol still wurden, die, die man besser beizeiten vor die Tür setzte, und die, die den ganzen Abend vor einem vollen Glas vor sich hin träumten.

»Manchmal meint man, du würdest auf etwas warten«, bemerkte Odile, die ihre Schwester vor Dankbarkeit mit Aufmerksamkeit überhäufte.

Doch die Marie antwortete nicht. Sie war noch geheimniskrämerischer als früher, ihr Gesicht war schmal und blass wie zur Zeit ihrer Pubertät, als man ihr Stärkungsmittel verabreichte.

»Meinst du nicht, wir beide wären in Paris besser dran, in einer guten Stellung bei reichen Leuten?«

Sie zuckte mit den Schultern. Den ganzen Tag lang konnte sie über die Vorhänge hinweg den Mast der Jeanne sehen und ihren Bug mit den beiden gelben Dreiecken, ihre weiß gepinselte Nummer: C 1207, und direkt dahinter die beiden rosa Häuser mit den Ziegeldächern.

Dorchain kam zum Telefonieren ins Café, und da es keine Kabine gab und der Apparat in der Küche an der Wand hing, hörte man alles.

»… Was sagen Sie …? Aber wenn ich ihn doch unbedingt sprechen muss …! Er soll mich wenigstens wissen lassen, ob ich hierbleiben soll … Und mir in diesem Fall Geld schicken …«

Man lachte über ihn. Man lachte über die Jeanne, aber ohne rechte Überzeugung.

»Ich sollte wirklich besser fortgehen …«, wiederholte Odile, die immer dicker wurde, mit noch weniger Überzeugung.

Sie wurde dicker und immer blasser, weil sie nicht an die Luft kam. Noch ein paar Jahre dieses Lebenswandels, und sie wäre kugelrund, wie jene vierzigjährigen

Frauen, die man in den Bordellen kleiner Städte findet und die auch den ganzen Tag am Ofen sitzen und sticken oder stricken.

»Sag mir wenigstens, worauf du wartest ... Am Anfang sprachst du vom Heiraten, und seitdem ...«

»Sei still!«, schrie die Marie sie plötzlich zornentbrannt an.

»Ist ja gut ... Ich wusste ja nicht ...«

»Was wusstest du nicht?«

»Dass es aus ist, was denn sonst! Du bist immer so geheimniskrämerisch ...«

Odile schlief gewöhnlich wie ein Stein und hörte nie, wenn die Schiffe zurückkamen, obwohl sie einen Mordslärm machten mit ihren Sirenen, damit man ihnen die Brücke öffnete.

Einmal jedoch, nachdem sie Stockfisch mit Sahne gegessen hatte, der ihr schwer im Magen lag, wachte sie mitten in der Nacht auf. Sie wäre gern aufgestanden, um ein Glas Wasser zu trinken. Wegen der Kälte aber zögerte sie.

Da meinte sie plötzlich ein Flüstern zu hören und spitzte verwirrt die Ohren. Sie hörte etwas und dann doch wieder nichts. Es war merkwürdig. Maries warmer Körper lag neben ihr, sie horchte auf ihren Atem und bemerkte, dass etwas nicht stimmte.

Wahrhaftig! Die Marie hielt den Atem an, sie schlief nicht, sie war ganz verkrampft! Schließlich musste sie wohl oder übel schniefen, und Odile flüsterte schüchtern: »Weinst du?«

»Nein ...«

Ihre Stimme klang undeutlich, und Odile drehte sich um und wiederholte: »Doch, du weinst! Ich höre, dass du es unterdrückst ...«

»Lass mich! Schlaf!«

Da tastete Odile nach dem Gesicht ihrer Schwester, spürte etwas Nasses, Warmes. Sie setzte sich auf, griff nach der Streichholzschachtel.

»Ich verbiete dir, Licht zu machen ...«

Sie rangen miteinander. Marie wollte ihre Schwester dazu bringen, sich wieder hinzulegen, doch Odile glitt aus dem Bett. Ihre nackten Füße berührten den Boden, der eiskalt war. Sie fand die Streichhölzer, zündete die Kerze an, Marie versuchte sie wieder auszublasen.

»Warum weinst du denn?«

»Ich weine nicht«, antwortete die Marie, die Nase und die Lider gerötet, die Wangen glänzend, die Züge verzerrt.

»Hab ich dir etwas getan?«

»Ach, bist du dumm!«

»Was hast du dann?«

»Leg dich wieder hin! Lass mich einfach in Ruhe ...«

Es war nichts zu machen. Odile trank ihr Glas Wasser und schlief fast sofort wieder ein, ohne zu ahnen, dass es beinahe jede Nacht so ging.

Gleichwohl gab sie in einer Pariser Zeitung eine neue Annonce auf: »*Zwei junge Mädchen mit Nähkenntnissen suchen Stellung, zusammen oder getrennt ...*«

Zwei Tage später, als sie anfing, auf Antworten zu hoffen, ereignete sich etwas, auf das sie sich keinen Reim machen konnte. Es musste kurz vor fünf Uhr sein. Die

Lampe brannte seit einer Stunde. Ohne anzuklopfen, riss der Botenjunge des Cafés die Tür auf und rief: »Sie sollen kommen!«

»Wohin? Was ist denn nun wieder los ...?«

*

Geschehen war Folgendes. Ein Auto hatte auf dem Kai gehalten, ohne dass irgendjemand es beachtete, denn mit dem Heringsfang kamen die Fischgroßhändler zu jeder Tageszeit, und manche von ihnen hatten schöne Autos.

Ausgestiegen war Chatelard, und er war ohne Eile, doch auch ohne seine Schritte zu verlangsamen, auf die Tür des Cafés zugesteuert; er hatte sie aufgestoßen, hinter sich wieder geschlossen und sich in eine Ecke gesetzt, ernst, mit Ringen unter den Augen wie jemand, der schlecht geschlafen oder Verdauungsstörungen hat.

Es waren ein halbes Dutzend Fischer da, Dorchain allerdings befand sich an Bord seines Schiffes. Die Marie musste gerade in der Küche gewesen sein, denn als sie mit einem Tablett voll Gläsern hereinkam, stolperte sie beinahe über Chatelards Beine.

»Ach!«, entfuhr es ihr.

Der Wirt schaute die beiden nacheinander an. Auch die Fischer beobachteten Chatelard, während sie sich weiter unterhielten.

»Komm her, Marie!«, sagte er laut.

Sie kam, fügsam, ohne im Geringsten zu erröten, ohne dass ihre Augen blitzten; sie kam, schüchtern wie eine Schülerin, wenn plötzlich der Schulinspektor auftaucht.

»Zieh deine Schürze aus … Wir müssen uns unterhalten.«

Sie schaute zum Wirt hinüber. Zwei Männer, die nach Fisch rochen, kamen herein, und sie murmelte: »Ich kann jetzt nicht weg …«

»Gibt es niemanden, der dich vertreten kann?«

»Vielleicht meine Schwester …«

»Dann lass deine Schwester holen.«

Die anderen Anwesenden wurden aus der Situation nicht schlau. Die Worte waren ganz einfach. Warum waren die, die sie aussprachen, kreideweiß und hatten Ringe unter den Augen wie nach einer durchfeierten Nacht?

Immer noch wie ein kleines Mädchen fragte die Marie den Wirt: »Kann ich Désiré nach meiner Schwester schicken? Sie wird mich eine Weile vertreten …«

Die Luft war schwer, der Ofen glühte in seiner Mitte rot. Auch der Wirt war rot, wie gewöhnlich.

»Wenn es sein muss …«, brummte er.

Und er winkte die Marie zu sich in die Küche, aber sie schien nicht zu verstehen. Die beiden Neuankömmlinge bestellten Kaffee mit Calvados, und sie bediente sie, ohne zu ahnen, dass es die letzten Gläser waren, die sie in ihrem Leben servierte.

So verfloss eine feierliche Minute ohne jede Feierlichkeit, in einer alltäglichen, gedämpften Atmosphäre. Chatelard wartete ohne Ungeduld. Niemand hatte bemerkt, dass er eine Mütze mit besticktem Band trug, wie die Seeleute und Schiffseigner. Und doch fand man ihn irgendwie verändert, ohne recht zu wissen, woran es lag.

Es brauchte Odile, um etwas Leben in die Szene zu bringen. Ganz außer Atem kam sie angelaufen, als sei eine Katastrophe passiert, eine Hand auf die Brust gepresst. Sie rief voller Sorge: »Was ist denn los, Marie?«

Marie stand ruhig mitten im Café.

»Nichts ist los ... Du musst mich vertreten.«

Und sie nahm ihre Schürze ab, während Odile Chatelard entdeckte, errötete, nicht wusste, was sie tun oder sagen sollte, um sich herumschaute wie ein aufgescheuchtes Huhn.

Da stand Chatelard auf und sagte nur: »Komm!«

Und an alle anderen gewandt: »Bis später ...«

Draußen herrschten Nacht, Kälte und der Wind des Meeres, die Lichter waren an ihrem Platz, und manchmal liefen dunkle Gestalten, Hausfrauen, die Milch holen gingen, über die Straße.

Die Hände in den Taschen, ging Chatelard in Richtung Drehbücke, und die Marie hängte sich ganz selbstverständlich mit der rechten Hand bei ihm ein.

Sie hatten die Brücke schon überquert, als sie endlich den Mund aufmachte: »Ich dachte schon, du würdest nicht mehr kommen ...«

Da blieb er unter einer Gaslaterne stehen, der einzigen im Umkreis von hundert Metern. Er sagte erst: »Du lügst ...«

Dann schaute er sie lange an, mit einem so scharfen Blick, dass er fast böse wirkte. Sie schaute ihn auch an, und es war nun, als lebe sie auf, als würde auf ihren schmalen Lippen gleich wieder ihr seltsames, immer etwas ironisches Lächeln erblühen.

Mit einer schroffen Bewegung zog er sie an sich, drückte sie, so fest er konnte, ohne sie zu küssen, als wolle er sie ersticken, und dabei schweifte sein Blick über Maries Kopf hinweg über die Drehbrücke, das Café, den Kanal, das Hafenbecken, die beiden beleuchteten Häuser zur Linken.

Schließlich machte sie sich sanft los. Sie zeigte auf die Gaslaterne und flüsterte: »Die Stelle hast du ja gut ausgesucht ...!«

Und sie gingen weiter, er die Hände in den Taschen, sie bei ihm eingehängt. Sie gingen zum Ende der Mole, ihre Füße traten auf die ausgebreiteten Fischernetze. Die Schwärze und das Rauschen des Meeres hüllten sie ein. Sie taten mindestens hundert Schritte, bevor Chatelard brummte: »Ich weiß nicht, ob ich mich zum Narren mache, aber ...«

»Aber was?«

Sie lächelte im Dunkeln. Er spürte es. Er erahnte ihr milchweißes Gesicht. Und plötzlich packte er sie, diesmal jedoch, um seinen Mund auf ihren zu pressen.

Es dauerte und dauerte. Lange genug, dass ein Schiff Zeit hatte, in den Hafen einzufahren und ein ironisches Tuten hören zu lassen.

Als sie voneinander ließen, fassten sie sich beide, leicht zeitversetzt, flüchtig ins Gesicht, als habe sie etwas gekitzelt.

Dann erklang erneut Maries Stimme: »Hast du Angst gehabt?«, fragte sie.

Er lachte auf: »Vor dir vielleicht? Wenn du das denkst, Kleines, liegst du falsch. Ich habe es satt, Wirt zu sein und Getränke auszuschenken, das ist alles! Ansonsten ...«

Am Ende der Mole angekommen, kehrten sie um. Chatelard war es überhaupt nicht mehr danach, zärtlich zu sein. Er suchte im Gehen sogar nach unfreundlichen Sätzen, die Marie aber lächelte trotzdem.

»Sie gingen mir alle auf die Nerven ... Ich bin doch aus dem Alter raus, mich an jeden Tisch einladen zu lassen und mich mit Idioten gemeinzumachen ... Was meinst du?«

»Nichts ...«

»Und da habe ich gedacht, da ich ja ein Schiff habe ...«

Ständig unterbrach er sich, um zu ihr hinüberzuschauen, in der Hoffnung, sie werde etwas sagen, aber die Freude stopfte ihr den Mund, sie schwieg und genoss jede Minute, ja sie genoss sogar Chatelards Ungeduld, seinen aufsteigenden Zorn.

»Ich weiß ja, dass es dir Spaß machen würde, deinen Mann zum Schiff zu geleiten und am Kai dein Taschentuch zu schwenken ...«

Sie hatte ihre Hand wieder an ihren Platz gelegt, auf seinen starken Arm.

»Und was machen wir mit deiner Schwester?«

»Sie will nach Paris ...«

»Umso besser!«

Sie standen wieder unter der Gaslaterne. Die Brücke war geöffnet. Sie mussten warten, um hinübergehen zu können.

»Nun denn! Wir werden ja sehen ...«, seufzte Chatelard.

Etwas später traten sie genau so, ohne einander loszulassen, ins Café de la Marine. Sie setzten sich an den hintersten Tisch, Chatelard rief nach Odile und sagte ihr mit der größten Selbstverständlichkeit: »Bring uns zwei Grogs …«

Die Marie hätte beinahe losgelacht. Doch nicht über Odile, die sich nach Kräften bemühte, sie zu bedienen, ohne sich etwas anmerken zu lassen. Nein, das Komische war Chatelards Gebaren, der argwöhnische, böse Blick, den er allen Fischern an den Tischen ringsum zuwarf und sogar dem Wirt.

Im Grunde wäre ihm wohl nach einer Rauferei zumute gewesen. Am meisten fürchtete er ein ironisches Lächeln, und sei es noch so flüchtig. Dann wäre er sicher drauflosgestürzt wie ein Wüstling.

Beinahe wäre es dazu gekommen. Ein junger Bursche hatte laut gelacht, und schon war Chatelard aufgestanden. Aber er musste dann doch einsehen, dass er gar nicht gemeint war, und sich wieder setzen.

Der Wirt hatte unterdessen begriffen, dass es ernst war, und war Odile in die Küche nachgelaufen.

»Warte … Ich werde sie selbst bedienen.«

Trotz allem hätte Chatelard sich gern geschlagen. Plötzlich verkündete er mit lauter Stimme: »Die Jeanne läuft morgen aus, Richtung englische Küste …«

Keiner muckste sich. Die Männer wandten ihm lediglich das Gesicht zu, und ihre Blicke trafen auf das aufgeräumte Gesicht der Marie.

»Ich brauche fünf Männer und einen Schiffsjungen …«

Stille. Dann setzte ein Murmeln ein. Schließlich trat ein großer Mann mit rötlichem Haar vor, die Mütze in der Hand.

»Ich bin frei ... Wenn die Bedingungen ...«

Ein Alter redete auf seinen Sohn ein, um ihn zu überzeugen. Chatelard drehte sich zur Marie um, als wolle er ihre Meinung hören.

»Den kannst du nehmen ... Ich kenne ihn ...«

Chatelard schickte nach Dorchain, der sofort angerannt kam.

»Wir laufen morgen aus.«

»Aber ...«

»Ich schiffe mich unter deinem Befehl ein, bis ich die Prüfung abgelegt habe.«

»Ich ...«

»Trink etwas und komm mit ...«

Denn es gab in Port noch andere Cafés. Zu dritt, Marie in der Mitte, klapperten sie sie alle ab, setzten sich, tranken Grog, und überall stellte Chatelard die gleiche Frage, vielleicht weiter in der stillen Hoffnung auf eine Schlägerei.

»Ich brauche noch drei Männer ...«

Dann brauchte er nur noch zwei. Noch einen. In ihrem Rücken begann das Gerede.

»Sie wird enden wie ihre Schwester ...«

»Die da? Dazu ist sie viel zu schlau ...«

Chatelard war nicht betrunken. Er hatte einfach nur ein paar Grogs intus. Er dachte an alles, sogar daran, mit seinem Wagen vorzufahren und seine Sachen an Bord tragen zu lassen.

Es war zehn Uhr, als sie aus einem Café kamen, in dem sie an einem Tisch mit braunkariertem Wachstuch gegessen hatten, und er erklärte: »Und jetzt gehst du schlafen …«

Sie standen draußen. In der Nähe war wieder eine Gaslaterne. Die Marie streckte ihm die Lippen entgegen, es war schon ganz natürlich.

»Gute Nacht, Henri …«

Das sagte sie zum ersten Mal. Er wandte den Kopf ab. Als sie dann schon ein paar Meter entfernt war, denn sie hatte wie immer den Mantel fest um sich gezogen und war losgerannt, öffnete er den Mund, um sie zurückzurufen.

Aber nein! Es war besser, wenn auch er schlafen ging. Er hatte im Café de la Marine ein Zimmer reserviert. Odile bediente. Sie lächelte ihm zu, er zuckte mit den Schultern.

»Man soll mich um vier Uhr wecken!«

Es ging alles ganz reibungslos vonstatten, denn die Marie kannte die Zeiten von Ebbe und Flut und wusste, wann man kommen muss, dann, wenn an Bord alles bereit ist und die Männer, bevor sie losmachen, eine kurze Ruhepause haben, gerade so lange, wie es braucht, um die Drehbrücke zu öffnen.

Es war noch dunkel. Sie waren drei oder vier Frauen auf dem Kai, in Holzschuhen und Umschlagtuch, ungekämmt, zwei von ihnen trugen ein Kind, und eine zog zwei an der Hand hinter sich her.

Die Küsse schmeckten nach dem Rum vom Vorabend und dem aufgewärmten Morgenkaffee.

Als das Schiff auszulaufen begann, liefen die Frauen auf dem Kai ebenfalls los, und am Ende mussten sie rennen.

Dann kam der Moment, da das Schiff nicht mehr zu sehen war und sie stehen blieben, sich sammelten und langsam zurückgingen, das Tuch fester um sich gezogen, denn die Kälte des Morgens wurde spürbarer. Eine der Frauen sagte: »Ich geh wieder ins Bett …«

Aber keine von ihnen verstand, was in den Augen der Marie vor sich ging, die schon immer eine Geheimniskrämerin gewesen war.

Port-en-Bessin, Oktober 1937

Christian Seiler

Nachts um eins am Telefon

ch las *Die Marie vom Hafen* zum ersten Mal, nachdem mir Jakob Arjouni nachts um eins am Telefon von der Geschichte vorgeschwärmt hatte, fast schluchzend, so bewegt war er. Jakob, der unvergessliche Autor von fünf Kayankaya-Krimis und den vielleicht messerschärfsten Romanen aus dem Deutschland seiner Zeit, bewunderte Simenon sowieso. Aber *Die Marie vom Hafen* bedeutete ihm noch ein bisschen mehr.

Jakob war mein bester Freund. Weil wir in verschiedenen Städten wohnten, hatten wir es uns zur Angewohnheit gemacht, nachts zu telefonieren. Ich kann immer noch hören, wie er den Aschenbecher ans Telefon rückte, das Glas, das in der Nähe stand, füllte und dann über Gott und die Welt sprechen wollte, über Fußball, die Liebe und Bücher, hing ja alles irgendwie zusammen.

Nur manchmal, wenn etwas ganz Außerordentliches passiert war, kam er sofort zur Sache. Zum Beispiel, als *The Melody At Night With You* herauskam, das vielleicht schönste Album von Keith Jarrett, auf dem die krankheitsbedingte Antivirtuosität, mit der Jarrett eine Reihe von Jazzstandards aufgenommen hatte, in eine fast religiöse Innigkeit umschlägt.

Scheinbar kunstlose Intensität traf Jakob mitten ins Herz. Vielleicht brachte sie auch genau das zum Klingen, was ihm in der eigenen Arbeit am wichtigsten war, diese vermeintliche Schlichtheit, die sich als Essenz, als wesentlich erweist.

Ein anderes Mal hatte er *Burt* gelesen, die erschütternde Coming-of-Age-Geschichte von Howard Buten. Jakob war aufgeregt, durcheinander. Beim Telefonieren wollte er herausfinden, was genau es war, das ihn so aus der Fassung gebracht hatte. Jakob bewunderte die Kunst von Kollegen am meisten, wenn sie ihn in die

Selbstvergessenheit entführte und die Grenzen von Fiktion und Emotion auflöste – wobei er selbst sich lieber die Zunge abgebissen hätte, als so technisch über Literatur zu sprechen.

So war es dann auch bei *Der Marie vom Hafen.*

»Ich schwöre«, sagte Jakob. »Eine der schönsten Liebesgeschichten, die du je lesen wirst.«

Das sah ihm gar nicht ähnlich, denn er neigte nicht zu Schwüren und machte um Liebesgeschichten eher einen Bogen. Aber *Die Marie vom Hafen* nahm mit ihrem unverschämten Vexierspiel zuerst Jakob gefangen und dann auch mich.

Die Marie vom Hafen ist einer der wenigen Romane Simenons, für die er selbst eine Art Gebrauchsanweisung verfasst hat. Als das Buch 1938 erschien, legte er in einem kurzen Nachwort den literarischen Fernpunkt der *Marie vom Hafen* offen. Sein Ziel sei es, schrieb Simenon, »der menschlichen Wahrheit nachzuspüren, und zwar jenseits aller Psychologie, die ja nichts weiter ist als die offizielle Version der Wahrheit«. Damit wolle er die »Wiedervereinigung der geistigen und der sinnlichen Sphäre« erreichen, bei diesem Buch habe er sich diesem Ziel zum ersten Mal »geringfügig angenähert«.

Natürlich ist das schamhaft untertrieben, allerdings bot Simenon auch nicht *irgendwelche* Vergleichsgrößen auf, um die Dimension seiner künstlerischen Wahrheitssuche abzustecken, sondern Rembrandt, Bach und Cézanne. Und auch wenn Simenon selbst betont, mit *Die Marie vom Hafen* einen neuen, hehren Abschnitt seines Schaffens zu eröffnen, so ist es doch gerade die überzeugende Lakonie, mit der er seine Figuren beschreibt, die den ungewöhnlichen Sog dieser Liebesgeschichte erzeugt, einer Liebesgeschichte, der vor allem das fehlt, was herkömmliche Liebesgeschichten weichspült: die romantische Note; der Duft nach Rosen. Stattdessen weht ein herber Wind vom Meer herein und streut Salz in offene Wunden.

Allein das Personal.

Die Marie. Spröde, introvertiert, cool.

Chatelard. Großspurig, jähzornig, erschüttert.

Odile. Bequem, naiv, schicksalsergeben.
Marcel. Allein, blind, unterworfen.
Viau. Grob, okay und lächerlich.

Natürlich irritierte mich, als ich *Die Marie vom Hafen* zu lesen begann, dass mir Jakob eine »Liebesgeschichte«, noch dazu eine der schönsten, angekündigt hatte. Denn schön – wenn man meint: gefällig, zugänglich, warm – ist an dieser Geschichte wenig, und damit meine ich gar nicht, dass wir gleich am Anfang, an einem grauen Tag, der Beerdigung von Jules, Maries Vater, beiwohnen müssen. Umso beklemmender, wie beiläufig und sachlich von den Verwandten das Schicksal der Waisenkinder verhandelt wird, und auch die Marie tritt kühl und abweisend in die Geschichte, verrichtet mit Geschick die nötigen Handgriffe, aber vergießt über den Tod ihres Vaters keine Träne. Es dauert ein bisschen, bis wir uns in sie hineinversetzen können und erspüren, dass ihr erst dieser Tod die Tür zur Unabhängigkeit öffnet, zur Möglichkeit, ihre eigenen Entscheidungen zu treffen, sie selbst zu werden, eine Marie, die niemand wirklich versteht außer sie selbst.

Als dann Chatelard in Port-en-Bessin ankommt, dieser anmaßende Geck aus Cherbourg, von sich und seinem Status viel zu überzeugt, lässt sich genauso wenig absehen, zu welchen Verwandlungen er gezwungen werden wird, nur um irgendwann dort anzukommen, wo er längst noch nicht weiß, dass er hinwill. Simenon mutet ihm Verwirrung und Leerlauf zu, kleine und große Demütigungen, und bis zum Schluss blieb für mich beim Lesen offen, wo zwischen all diesen dunklen Umrissen und scharfen Kanten denn endlich die Liebesgeschichte auftauchen soll – wird die Marie, wie es mir am Anfang plausibel schien, sich für ihren alten Verehrer Marcel entscheiden, auf Augenhöhe, von großem Kind zu großem Kind? Oder bekommt doch der doppelt so alte Chatelard seine Chance, nachdem er sich vor aller Augen immer wieder zum Trottel gemacht hat und der schlagfertigen und strategisch handelnden Marie, der er konfus nachstellt, nie gewachsen ist?

Natürlich blieb ich zuerst, wie immer bei Simenon, an den

beklemmenden Details der Rahmenhandlung hängen. Niemand beherrscht das beiläufige Spiel mit Melancholie und Grausamkeit besser als er. Wenige knappe Sätze, und Biographien knicken oder Schicksale gehen in Flammen auf.

Als zum Beispiel Viaus Schiff zwangsversteigert wird, bricht der unglückliche Viau am Pier in Tränen aus, obwohl sich ein Mann in Port-en-Bessin eher am Dachboden aufhängt, als vor aller Augen Schwäche zu zeigen. Simenon wusste das genau, er lebte während der Arbeit am Roman am Schauplatz der Geschichte, in »Port«, weil er das Gesellschaftsleben in Paris satthatte und lieber mit den Fischern Schnaps und Cidre trank.

Aber als Viau weint, weinen wir mit. Wir frieren auch mit Marcel, der in der Kälte auf Marie wartet, nur um trostlos und grausam von ihr abgefertigt zu werden. Wir spüren die Ohrfeigen, die Marcel einsteckt, als er sich, mutiger, als er eigentlich ist, zuerst mit dem Vater und dann mit Chatelard anlegt, und uns steigt das Blut der Scham in die Wangen, als Chatelard seine Freundin Odile beim mitleidigen Vögeln mit Marcel überrascht.

Aber nichts ist stärker als die Liebesgeschichte selbst, die gut getarnt in den Momenten der Selbstbefragung auftritt, wenn Chatelard das verdammte Gefühl ergründen will, das ihn durchströmt, wenn ihn die Marie schon wieder mit abgeschnittenen Hosen dastehen ließ: »Was hatte sie an sich, was andere nicht hatten? Sie war mager, kaum geformt, ihren Busen konnte man unter der zu engen Bluse höchstens erahnen. Sie hatte ein langes, farbloses Gesicht, ihre Augen waren längst nicht so groß wie die ihrer Schwester, und ihr Mund war schmal, immer schmollend oder traurig, oder verächtlich, man wusste es nicht recht.«

Die Tiefe, die Unergründlichkeit und die Ironie der Liebesgeschichte wohnen natürlich genau in diesem Widerspruch. Es ist nicht der einzige, den Simenon in diesen Roman eingebaut hat. Keine einzige Figur, die nicht ambivalent wäre, schon gar nicht die Marie selbst. Sie bekommt zwar den plakativsten Satz des Romans, als sie beim Friedensrichter das Recht auf die eigene Mündigkeit durchsetzt und dem entgeisterten Onkel auf dessen »Ein anständiges Mädchen braucht nicht für mündig erklärt zu werden« antwortet: »Und ich brauche kein anständiges Mädchen zu sein …«

Dafür muss sie sich gefallen lassen, dass wir sie als spröde, kühl und berechnend anschauen, als verzockt, unglücklich, einsam, bis ganz zum Schluss doch noch für einen kurzen, aber entscheidenden Augenblick das kristallklare Sentiment aus ihr hervorbricht, in dem so erleichternden, alles auflösenden Moment, als sie mit Chatelard zur Drehbrücke Richtung Zukunft spaziert und sagt: »Ich dachte schon, du würdest nicht mehr kommen.«

Jakob und ich sprachen nachts um eins am Telefon über dieses »Ich dachte schon …«, über die selbstverständlichste, schmuckloseste Liebeserklärung einer unwahrscheinlichen Liebesgeschichte, hörten, wie der jeweils andere stumm den Kopf schüttelte über Simenons Kunst, uns auf diese regnerische Achterbahnfahrt mitzunehmen und Menschen als Menschen zu zeigen und nicht als Figuren, als Menschen, die man erst mag, wenn man sie besser kennengelernt hat, ohne zu vergessen, warum man sie gerade noch mit Skepsis betrachtete, wir schenkten uns nach, schwiegen, hörten uns beim Schweigen zu, bis einer sagte: »Viau am Pier bei der Versteigerung. Zum Heulen«, und den anderen hörte man nicken, ich auch, zum Heulen. Tränen spendeten Trost. Sie schlugen, um es noch einmal so unbeholfen zu sagen, die Brücke zwischen Fiktion und Emotion, oder sagen wir so: Wer bei dieser Stelle nicht heult, dem ist auch wurscht, wenn Bambi erschossen wird.

Jakob las später, als er krank wurde, viel, immer wieder und fast nur noch Simenon. In den Monaten vor seinem Tod im Jänner 2013, Jakobs letzter Roman *Bruder Kemal* war gerade noch fertig geworden, las er kaum etwas anderes, weil er keine Kraft mehr für Dinge aufbrachte, die ihm nicht wirklich am Herz lagen.

Wenn ich *Die Marie vom Hafen* heute wieder lese – und das tue ich spätestens alle zwei, drei Jahre –, dann spüre ich die dringliche Zeitlosigkeit des Buches, die Haltbarkeit der Geschichte, die Gefühle, die darin gespeichert sind, und das Echo der ersten Lektüre und des Darüber-Redens, nachts, nachts um eins am Telefon.

Die große Simenon-Taschenbuch-Edition bei Atlantik

Freuen Sie sich auf viele weitere Bände!
Erfahren Sie mehr unter simenon.atlantik-verlag.de

DIE GROSSEN ROMANE
Band 63

Georges Simenon
Der Schnee war schmutzig
Neuübersetzung aus dem Französischen
von Kristian Wachinger
Mit einem Nachwort von Daniel Kehlmann
ISBN 978-3-455-00784-8

Ein namenloses Land, von fremden Truppen besetzt. Frank Fried-
maier wächst als Sohn einer Prostituierten in einem Bordell auf.
Aus reiner Langeweile wird er zum Mörder und verschachert das
Mädchen, das ihn liebt. Als er schließlich begreift, was er getan
hat, ist es zu spät. Ein großer, unerbittlicher Roman über die Frage,
wie das Böse in die Welt kommt.

»Einer der besten Romane des 20. Jahrhunderts.«
The New Yorker